Short Story Short Story Short Story Short Story

中国新锐作家

校园文学经典

中国新锐作家校园文学经典
马强　总策划

因为拥有希望，我们曾经驱散了太多的痛苦和阴霾。因为曾经执著，我们才拥有了更多的幸福和阳光。

曾经的希望

焦庆福 / 著

中国社会出版社
国家一级出版社｜全国百佳图书出版单位

图书在版编目(CIP)数据

曾经的希望 / 焦庆福著. — 北京 : 中国社会出版社, 2012.1

(中国新锐作家校园文学经典)

ISBN 978-7-5087-3912-0

Ⅰ. ①曾… Ⅱ. ①焦… Ⅲ. ①小小说-小说集-中国-当代 Ⅳ. ①I247.8

中国版本图书馆 CIP 数据核字(2011)第 279106 号

丛 书 名:中国新锐作家校园文学经典
书　　名:曾经的希望
著　　者:焦庆福
责任编辑:杨　晖

出版发行:中国社会出版社　　**邮政编码**:100032
联系方式:北京市西城区二龙路甲 33 号新龙大厦
电　话:邮购部:(010)66081078
销售部:(010)66080300　(010)66085300
(010)66083600
传　真:(010)66051713　(010)66080880
网　　址:www.shcbs.com.cn
经　　销:各地新华书店

印刷装订:中国电影出版社印刷厂
开　　本:170mm×230mm　1/16
印　　张:14
字　　数:180 千字
印　　次:2016 年 1 月第 2 次印刷
定　　价:23.50 元

序

曾经的希望

之前，只见过焦庆福一面，也是几年前的事了。他打来电话，说想把近几年的小说结集出版，并托我作序。看到文稿，我有些惊讶。我实在不曾想到，只是几年的工夫，他竟写了这么多（仅收入本书中的就有近百篇）。这一点，没有足够的生活积累和文学准备是做不到的。虽然，每年都在所编辑的报纸或刊物上也选发几篇他的东西，也晓得他的文笔干净、饱满，故事精巧、独到。但是，若要我说出他的创作倾向，他的精神追求，还真的不能够做到。

于是，就开始看他的这些小说，带着挑剔的严苛的目光。试图先从这些作品中总结出他的优长，同时找到他的缺陷，发现他的败笔，以便在文章中说道说道。

从这些小说中，我发现了他题材的丰富驳杂，叙述的强烈渴望和激情的强劲持久。也发现了他叙述“地理中心”的游移，感到了自我角色的不停变换和隐藏在文中的闪烁不定的意念与若有若无的叹息。

似乎清晰了，又似乎模糊了。

这个时候，他来了。不放心似的。

我知道，他在镇上教书，平素连县城都少进。十余年如一日，在大山脚下的一排平房里为生存而忙活着，为理想而折腾着……写作只是近几年的事。见了面，我们却没有过多地谈作品。作品是人写的，人就在面前，读吧。只是，没有人能真正地读懂另一个人。我只能部分地读懂，帮助理解作品却是够了。

他写农村生活，也写校园和官场生活，写的都是些名不见经传的小人物。

他生在农村，长在农村，毕业后一直工作在农村，写农村，写校园，他是写不尽的。在中国，到处都讲政治，所以再基层的地方也有官场，那些小官场反而更有趣、更爆料，更宜作为小说素材。作为一个农村中学教师，他算个小人物，小人物写小人物，自能揣摩好小人物的得失、悲喜与爱憎。

可以说，他的选材是正确的，他写的也是很成功的。农民的善良和内心深处的纯洁，校园生活的寡淡和潜隐其中的无穷韵味，小人物的日常生活和无奈，官场的看似可笑和源自事物本质的发人深省，都叫他写透了，写活了。

还值得一提的是他的小说语言。因为说到底，语言才是文章的一切。有了人物、故事、结构，最终都还要物化为语言和叙述。小小说既然受篇幅限制，语言就应该尽量做到简约。让简约的语言蕴涵丰富的内涵，或者说让小小说具有一种弹性的语言，是非常必要的。他的小说语言做到了，这可能是他小说成功的一个关键因素。他的语言总是贴着人物的内心活动走，让“讲述者”和“当事人”之间保持默契、理解、体贴、对话，所以这语言便成了内心化的、意象化的、描写与叙述合一的语言，也就成了简洁、生动而活泼的语言。

《曾经的希望》是他其中的一篇小小说，这篇小小说不是最好的。他以这个题目作为书名，因为这个题目暗合了他的心愿，说得大一点，暗合了他的文学理想。理想是什么，它既明晰又虚幻，既具体贴近又庞大无边，所以最难以表述，所以他才这么写呀写，一百篇远远说不清楚，不知道他要写几百篇。

我忽然明白他为什么选择小小说这种体裁。这种体裁可实可虚，角色可以不断转换，作者可以在这个舞台上自如地闪躲腾挪、忽隐忽现，可以更好地建设自己的文学世界。体裁只是一个载体，说白了，文学也只是一个载体。一个人可以通过自己的文学作品表达对世界的认知和希望，也可以通过一幅画展示自己对生活的爱恋，通过舞蹈展示自己对人生的思索，通过琴弦弹奏出自己的满腔幽愤……无论以何种形式，只要是一个娴熟的高手，都能完成自己的倾述和表达。

焦庆福无疑已经部分地完成了他的文学表达，他的文学成就也已经得到了世人的认可。短短几年时间，他的小小说先后发表在《小小说选刊》《山东文学》《当代小说》《天池》《辽河》《微型小说》《小说月刊》《小小说月刊》

《金山》《羊城晚报》《侨报》《讽刺与幽默》等著名报刊，并有多篇作品收入《最具小学生人气的100篇小小说》《最具中学生人气的100篇小小说》《2009年中国小小说精选》《2008年值得中学生珍藏的100篇小小说》《感动农民的68个悬念故事》《时尚酷读》等选本。这样的发表与入选，对一个从事写作仅仅数年的年轻作者是极为罕见的。

成绩和鲜花是动力也是阻力，关键是我们有没有突破的勇气和能力。作为旁观者，只能说出自己的希望，道出真诚的祝福。愿焦庆福一如既往，心无旁骛，默默耕耘，佳作迭出。愿他的作品如山坳里的一朵野花，迎着山风静静地开展，在阳光下发出炫目的光泽。

孙继泉

2011年6月10日

（孙继泉，中国作家协会会员，国家二级作家，首届山东省十佳青年散文家。散文《生命的秘密》收入高中第一册语文阅读教材《语文大视野》。散文《孟庙的树》、《孟庙的苍鹭》、《暮色孟子林》、《鲁南的月光》、《带着朝露进城》、《季节深处》作为范文二十余次入选高中语文试卷。）

目录

Cotentes

目录

Cotentes

目录

Cotentes

目录

Cotentes

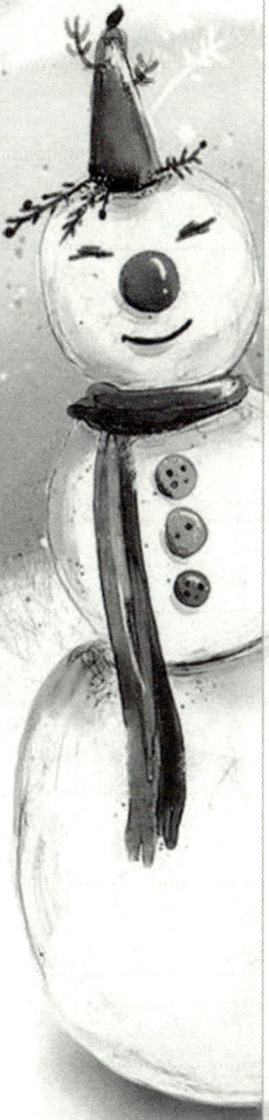

目录
Cotentes

第一辑

三叔的故事

三叔的故事

我一直喜欢三叔。一是因为三叔普通话讲得好，二是因为他二胡拉得棒。据说，他这两个特长都与一个上海女知青有关。而我更喜欢的，则是三叔和上海女知青的故事。

三叔和上海女知青的故事，在村里一直有多个版本。

我知道的最早版本，是从哥哥那儿听来的。哥哥说，三叔刚做民师时，并不讲普通话，而是满嘴的焦庄土话。那时，我们焦庄人也并不觉得三叔讲话土。自从那女知青来到焦庄，做了焦庄的民办教师，她那软绵绵的普通话便立刻抓住了焦庄人的心。三叔的形象从此一落千丈。

三叔决定向那女知青学说普通话。那女知青真是好性子，一字一句教得认真。三叔学得也认真。每天吃过饭，三叔都要去女知青那儿请教，有时甚至到了深夜才肯离去。三叔的普通话因此一步一个脚印，进步得很快。到后来，三叔再读课文时，竟然和公社广播站里的播音员不相上下。于是，三叔和那女知青便有了更加动人的故事：小学的操场上，焦庄村东的山坡上，焦河南岸的树林里，到处有三叔和那女知青的脚印。众多材料表明，那女知青已经决定嫁给三叔了。

然而，一个和三叔年龄相仿的邻居的讲述，则与哥哥的说法相去甚远。事实一向证明，年长的人见过的桥，要比小孩子走过的路还要多。我因此主动否认了哥哥的说法。

我那邻居说，那个女知青说话软绵绵的，很是中听，与正宗的普通话却相差极远。三叔哪里需要向她学什么普通话？如果说三叔对那女知青动了心思，倒是一点儿不假。那女知青长得实在漂亮，当她在三叔面前一亮相，把三叔晃得几乎要摔倒。所谓的几位焦庄美女，在三叔眼里顷刻变成了歪瓜裂枣。不过，三叔是个很知趣、很现实的人，他知道自己是什么人，因此对那女知青从来不多瞟一眼。闲暇之余，三叔便拿出那把二胡。那女知青大约也喜欢音乐。当三叔拉起忧伤的《江河水》，那女知青竟然潸然泪下。于是，三叔和那女知青便有了更加动人的故事：小学的操场上，焦庄村东的山坡上，焦河南岸的树林里，到处有三叔和那女知青的脚印。众多材料表明，那女知青已经决定嫁给三叔了。

后来，有人向三叔的同事考证了这故事的真伪，那同事却否定了这两种说法。他说，虽然三叔的二胡拉得还说得过去，也早已得到了民间艺人麻二爷的真传，可是，如果是较起真来，那女知青的小提琴则更是一绝。自从那女知青来到了学校，三叔便动了歪脑筋。他先是向那女知青学习普通话，不久又变着法儿向那女知青学拉小提琴。那女知青开始并没有觉察三叔的诡计，还谦虚着向三叔学拉二胡。再后来，三叔竟然能够熟练地演奏小提琴，那女知青的二胡演奏则完全超过了他。于是，三叔和那女知青便有了更加动人的故事：小学的操场上，焦庄村东的山坡上，焦河南岸的树林里，到处有三叔和那女知青的脚印。众多材料表明，那女知青已经决定嫁给三叔了。

直到有一天，三叔娶了与他一块做民师的三婶，他和上海女知青的故事还依然被焦庄人谈论着，谁也说不服谁。

这天，我做完了作业，和二蛋、二柱一块儿去玩。无意中，我们溜到了三叔家的院墙外。小院内，三叔的二胡拉得正如泣如诉。我们又想起三叔和上海女知青的故事。我们三人各自坚持自己版本的正确，争论得面红耳赤。

三叔的二胡声戛然而止。

“又想那上海知青了，你咋不跟了去？你咋还待在咱这穷焦庄？信不信我把你二胡砸了！”不知为何，三婶越说越有气。

“人家早就去了美国，想得着吗？”三叔长长地叹了一口气，心中似乎有无限委屈。

“去了美国，为啥？”三婶提高了嗓门，非常的惊奇。我们几个也张大了嘴巴。

“……人家去了美国，在美国学者奥姆霍斯指导和帮助下获得了博士学位，后来是在周总理的关怀和科学界友人的挽留下，她抛开了个人的不幸并振作精神……”三叔打开了话匣子，讲得兴致勃勃。

三婶打断了他的话：“这故事怎么像张扬的《第二次握手》？啊——你这坏家伙。”

“啥上海女知青，其实也就你稀罕咱呗。我能去哪？咱焦庄缺老师，你又不是不知道——”三叔有些着急，变得语无伦次了。

三婶扑哧一声笑了：“呸，谁稀罕你了！”

三婶的战争

所有三叔和那女知青的故事的续集或续集的续集，都把三婶讲成了一个醋坛子。其实，三婶这个人既温柔又贤惠，她和三叔这辈子一直过得平平稳稳，很少发生战争。偶尔的拌嘴，总是被人无故增添了许多曲折不实的情节。

三婶和三叔也是恋爱成家的。至于二人是谁先追的谁，他俩从来没有说过。三婶高中毕业后就在焦庄做了民师，与三叔搭对班。三叔教数学，三婶教语文。后来附近的几个村子合办了焦庄联小，三叔做了联小的校长。再后来，三婶就成了三叔的新娘。

三叔与那上海女知青的事，发生在三婶来焦庄做民办教师之前。三婶也是早有耳闻的。三婶不在乎，她常用“窈窕淑女，君子好逑”的话表明对这件事的看法，她只求三叔如今的心在她身上就行了。

可是有一次，三婶恼了。那时，三婶生了孩子不久，就赶着来上课。正巧公社教育组来检查，打算听一节课，三叔便推荐了三婶。下课后，大家又评课，对三婶的课赞赏有加。唯独三叔皱着眉头，对三婶的普通话提出了尖锐的批评，认为三婶应该加强普通话的学习。三婶声泪俱下：“我说话土，土得掉渣，那女知青说的好，人家怎么不跟你呀？你找我干啥？”

三叔红了脸，这才感觉自己说话不漂亮，一个劲儿地给三婶赔不是。大家伙也劝，三婶这才收了泪。

就三婶和三叔这件事，大家基本上还是偏向着三婶。三叔做了亏心事在前，还用这样没水平的话伤人，怎么能怪三婶掉眼泪？

三婶生第二个孩子时，三叔做了一件更令她恼火的事。焦庄联小老师超编一人，要下放一个民办教师。当时三叔犯了难。除三婶外，其他几个老师教龄都长了，一个个年老体衰。三叔不忍心，虽然他们相比三婶文化水平低些，可是他们对乡里教育贡献了一辈子。三叔把名单报到了公社教育组，把三婶除了名。三婶哭着和三叔大吵了一场。

自此，三婶远离了讲台，回到了生产队。

就这件事，三婶至今埋怨三叔。

“你说你做的那是什么事，当年下放民师，你第一个就提到了我的名字。你是联小校长，怎么就想了下自己的老婆，就不下别人？若是那女知青在，你下她不？现在已经有几个民师转了正，领了高工资。让你逞能，早晚后悔的是你。”

三叔还是老样子，三婶数落他时，他只是咧着嘴，嘿嘿地笑。

三婶生第三个孩子时，三叔依然做小学校长。只是，这时的焦庄小学已经不再是联小，它的高年级全部合到了乡政府驻地的中心小校。焦庄小学只保留了一个年级一个班，教师也只有三叔一人。三叔成了光杆校长。三婶种了十多亩责任田，每日天不亮起床，天黑了再回家，吃不得一顿安生饭，孩子更是照顾不周。三婶与他大吵了一场。

“看你每天忙的，人家都想着升官发财，你那官却越做越小了。俺不指望你能给俺做多少，你可得给俺多想点法儿，让咱这个家致点富，让咱的孩子衣食无忧吧！”

这次，三叔却长了脾气，硬是对着三婶吼上了：“叫啥叫，十多个孩子就我一个老师，上完语文课上数学课，还要批改作业，是你的责任田重要，还是孩子们的学习重要？”

三婶毕竟是老实人，只是嘤嘤地哭，却再说不出什么。

邻居们听着，在一旁直跺脚，觉得道理依然在三婶那边。一个女人家，希望自家过得更富裕些，希望丈夫帮帮自己，这有什么错？这个整日不着家的男人却有本事对自己的女人吼，实在令人憋气。然而，邻居们来劝三婶时却没有谁指责三叔，大家伙明白，这场战争的根由其实在孩子们那儿。

不过，自此三叔每日放学后总会及时地回家，帮三婶料理一下家里或地里的活，这让三婶有了空闲做点别的。后来，三婶干脆搬到了学校去住。不忙的时候，她便帮着三叔代课，同学们也非常喜欢她。

三婶的三个孩子考上学后，三婶便不再种地了，一心在小学做起了代课教师，依然是三叔教数学，三婶教语文。三婶重新做了三叔的搭档，一个月能领几十块钱的工资。

三叔有了空闲时，便拿出二胡，拉上一曲。有时他还逗三婶：“我这曲子，那知青也听过，你喜欢不?”三婶只当没有听见，便查字典，听听广播，学学普通话。

三婶不想再让三叔挑出毛病，更不想再跟三叔发生战争了。

来自焦庄的传闻

1

焦庄人这样理解三叔和他的二胡曲《江河水》：这曲子见证了三叔和上海女知青的一段爱情经历，饱含了三叔的痛和泪。这些年再没有听三叔拉过这曲子，主要是因为三叔变得乖巧了，他实在不敢打翻了三婶的醋坛子。我感觉这种说法经不起任何推敲，也不必相信，但焦庄人却一直津津乐道。

来县城后，我的烤地瓜摊子成了焦庄人的落脚点。临近端午节，邻居溜子来县城了，他带来了三叔的最新传闻。雨后的一个早晨，三婶去给学生上课，不小心一脚滑倒了，造成了小腿骨折。三婶的大儿子在省城工作，她便被大儿子接到了省立医院。俗话说，伤筋动骨一百天，这段时间，三婶自然是不能再照顾三叔，语文课也不能上了，担子压在了三叔一个人身上。三叔却似乎更有了闲暇，学生放学后，他便又操起二胡，拉起了那让人心碎的《江河水》。这事让焦庄人感到很新鲜：那女知青回上海后从来没有再露过面，三叔凭啥又动了这心事？莫非三叔老了倒是动了凡心？

我自然是站到了三叔一边。我对正在啃地瓜的溜子说，三婶骨折了，三叔平日里连个说悄悄话的都没有，还不许他拉一曲，《江河水》可不是他的最爱？三叔和三婶虽然没有风花雪月的故事，却也是恩爱了一辈子，临到老了，三叔怎会再去想那女知青，没有理由的嘛！一定是三叔工作上有些吃不消，三叔愁呀。

溜子一下子被噎住了，不知是因为我的这几句话，还是因为吃得太急。

2

暑假即将结束的时候，溜子又一次来到县城，打算跟我学烤地瓜。他又带来了焦庄的最新传闻。焦庄小学下学期要来一个支教的女大学生，从上海来的。所有的焦庄人都有些担心：这鸟不拉屎的焦庄，来自大城市的女娇娃能住得惯？三叔对这个消息表现得很冷漠，依然每天拉二胡，三叔的《江河水》拉得凄凄惨惨的。焦庄人又不由得替远在省城的三婶担心了。也许是因为这即将来支教的女大学生，三叔真的想起了那女知青。

溜子的话，令我也担心起来。支教是有时间期限的，根本不是住得惯或住不惯的问题。支教的事，最终未必令人乐观。在我烤地瓜的小县城里，也有过到农村支教的。支教的状况却千差万别，有的是出去镀金的，有的是受着排挤、带着情绪的。三叔的《江河水》，也许正是表达着这种忧虑。淳朴的焦庄人，思维却一直停留在三叔的爱情故事里。我因此急切地盼望三婶尽快好起来，回到焦庄去。

不久，溜子烤地瓜的技术学成了。我帮他在街对面支起了一个炉子。

3

秋收后，溜子的媳妇来城帮忙了。溜子媳妇带来了令人喜忧参半的消息。那个女大学生来焦庄了，人长得很漂亮，说话的声音软软的，听着令人舒服。她的语文课讲得不错，学生们都爱听得紧。三婶的腿也好利索了，从大儿子那里回去后，她便每天给三叔和那女孩做饭。那女孩会拉小提琴，也会拉二胡，她拉出的《江河水》甚至要胜出三叔许多。说来也怪，那女孩平时爱去的地方也有三个：操场，村东的山坡上，焦河南岸的小树林。焦庄人感觉更新鲜了。细看那女孩的眉眼，与三叔的上海旧相好那么像，也许女孩正是那女知青的女儿呢！

溜子媳妇说这话时，神采飞扬，唾沫星喷了我一脸。

4

腊月初的一个上午，天空正飘着雪花。三叔和三婶坐车来县城了。

三叔问我能不能送他俩去火车站，他们要去大儿子那里过年。

我急切地问：怎么三叔，您要去省城，咱庄上那些孩子咋办？

那么稀罕你三叔？你三叔退休了！俺三小子回咱焦庄小学了，呀呀，小县城真是消息闭塞，还没听说呀？三婶似乎有些不高兴。

我这才想起，三叔的三儿子已经大学毕业了。

我一本正经地看着三叔和三婶：听说那女孩也会拉《江河水》，您可让三弟盯紧了，万不能让她再跑回上海去了。

那女孩子是三小子上大学时谈的对象，人家女孩子一心想扎根咱山区，俺三小子却总想留在大城市，这不，最后还是不得不从上海调回了咱焦庄！咋的，这些——你真的没听说？三叔吃着热腾腾的地瓜，最后却向我瞪起了眼睛。

我依然疑惑地问：三弟对那女孩有把握吗？

三叔自信地拍了拍腰间的二胡：没问题，三小子再不济，也比我当年强呀。

三婶瞪了三叔一眼：去你的，老没正经！

谁丢了一百元钱

乡长在办公室开了个短会，大张是这次会议的参与者。会议结束后，与会人员陆续离开了乡长办公室，各自忙自己的去了。

大张回到自己的办公室后，立即坐到了电脑前，查找乡长所需的材料。突然，电话铃响了：

“大张，你来我办公室一下，看看是不是你丢在我这儿一百元钱？就在你坐过的地方。”

大张想了想：“乡长，不会是我的钱，我一向比较仔细，钱总是放在内衣的衣袋里，不会丢的。我坐的那地方其他同志也坐过呀！”

乡长说：“你过来把钱拿去，问问是不是其他同志丢的，丢钱的同志也许正着急呢！”

大张明白乡长的意思，有人丢了钱不还是不可以的。

从乡长那儿回来后，大张想到了计生办的老吴。老吴是个老牌的烟民，兴许是在开会抽烟时不注意，才把钱丢在了乡长屋里。于是，大张立刻来到老吴的办公室。

“老吴，刚才我们开会时你是不是在乡长办公室丢了一百元钱？乡长让我拿钱来问问呢。”

老吴猛地喷出一口烟，瞪大了眼睛：

“乡长让你问我丢钱没？我一向不带钱的呀？怎么会丢钱的呢？你还是去问问民政上的老王，这家伙患了脑萎缩，也许是他丢的呢！”

大张觉得老吴说得很有道理，老王的确一直有丢三落四的毛病，前段时间体检时查出了他患有脑萎缩。虽然一百元是小事，可是它也极可能会引发一场家庭战争。如果总是这样丢三落四，还不把家底丢个精光？

来到民政办时，老王正给会计交代工作。看到大张来了，便示意会计出去，然后给大张倒了一杯茶。听明了大张的来意，老王脸上笑成了一朵花：

“我刚才去买东西时，还数了自己的钱。你抓紧去李秘书那儿看看，这段时间他正筹办婚礼，整天忙得晕头转向，说不定是他丢了钱呢!”

大张想了想，觉得老王说得也很有道理。李秘书的确是精明强干，可是他最近忙呀，忙起来哪有不丢三落四的？看着下班时间快要到了，大张加快了脚步。他来到党政办时，李秘书正准备出发。

“乡长让你找失主？我怎么会是失主？兴许是老吴或老王，那可是一百元，说不定正着急呢！我看乡长交代的任务挺重要，大张你可要抓紧呀。”说完，李秘书匆匆离去了。

大张此时如同跌入了迷雾之中。这一百元钱到底是谁的呢？不是老吴的，不是老王的，也不是李秘书的，可是乡长怎么说有人丢了一百元钱呢？莫非这一百元根本没有失主，它是从地底下冒出来的？大张不由自主地摸了一下自己内衣左边的衣袋，坏了，怎么自己带来的一百元钱不见了？那是妻子让他下班时往家买菜的钱呀！大张暗自笑了起来，一向谨慎的他怎么会如此马虎？这事说不定会成了同事们的笑谈呢！

大张来到办公室时，电话铃响个不停：

“啊——是乡长，那一百元是我丢的，今天早上呀——下班了，回见。”

大张如释重负，放下电话后赶紧去了菜市。

大张提着菜来到家时，妻子絮絮叨叨地说个不停：

“你拿什么买的菜？是不是又借人家钱了？我早上给你准备的一百元钱还在桌子上。”

“啊——”大张呆住了，“到底是谁丢了一百元钱呢?”

妻子弄明白事情的缘由之后，不住地数落大张：

“你傻呀，谁丢了钱肯从乡长那儿要回去？如果钱是乡长自己丢的却未发现呢？如果这一百元钱是乡长用人的试金石呢？你怎么能说是你丢的，就算是你丢的也不能说是你的呀!”

逃　兵

根爷当过八路，回焦庄后依然终年扎着绑腿。根爷当年扎绑腿是为了更好地行军，如今松开后便感觉不习惯，甚至走不成步，也就只好长年地扎着。据根爷说，淮海战役那会儿，他曾给陈毅当过警卫员。这令村里很多人敬佩不已。

可是，二河说，根爷是个逃兵，根本不值得大家这样敬佩。淮海战役刚结束，根爷便打了退伍申请，理由是他的两耳被大炮震聋了，腰和腿都出了毛病。后来，可能是被批准退伍了，或者根本没有被批准，根爷便回乡了。耳聋了又怎样，腰、腿折了又怎样，不就是怕死吗？全国还没有解放，这不是逃兵是什么？

二河还说，他舅姥爷和根爷是战友。舅姥爷随着部队打过了长江去，并做了大官。如果根爷不是当了逃兵，肯定也像他舅姥爷一样做大官了。

我很是疑惑，很想知道二河这话的出处。不过，二河的舅姥爷南下后再没回过焦庄，与二河家也仅是通信来往。谁知道这话的根底呢！

二河说这话时，我们还在公社上高中，同班的还有大山。大山是根爷的独子，二河是大队支书的儿子。我是个孤儿，吃穿靠的是大队。就因为二河说根爷的这些话，大山和二河的关系一直不很好。

二河还举了个例子。听他爹说，土改后，二河家和根爷家一样分了地。入社时，根爷却是最后入社的一个。开始开了几次会，根爷都没有参加。二河爹让人把根爷从家里请到了会场。根爷抱着幼小的大山，似乎很愕然的样子，摇头说，没有听见高音喇叭的通知，如果老婆子还活着，他怎么会不知道开会呢。

二河叹了口气说，还是老八路呢，思想咋这么落后？思想落后也是自然的了，要不怎么说他是逃兵呢？

对二河的话，我不是不愿相信，只是觉得没有比相信根爷是个老八路更让人舒服、更让人来劲。因此，通常情况下，我总是站在大山这一边。

可是不久后发生的一件事，却让我对根爷产生了怀疑。

根爷家没有院墙，两间茅草房前是一片空地。根爷在空地上种了一些花生，花生长势很喜人。这引起了二河和我的注意。待到花生将要成熟时，我俩便打起了根爷花生的主意。根爷不是耳聋了吗？这样，我俩只要避开根爷的视线，在夜间就可以偷些花生了。在一个黑漆漆的夜晚，我俩经过反复侦察，确信根爷和大山都已经睡熟，才开始行动。当我俩把刚扒出的花生放进口袋时，还是被根爷发现了。我们才不怕呢，根爷的腰和腿有毛病，跑步是很费劲的，怎么追得上快步离去的我们？可是，我们依然是被根爷抓了个正着。

二河感慨地说，谁说根爷耳聋，耳聋了如何听得见偷花生的动静？还腰和腿有伤呢？谁信？不是逃兵是什么？

是的，谁信！我最终还是相信了二河的话。

后来，公社给了焦庄一个工农兵大学生的名额。村里就大山、二河和我三个人是高中生，二河爹准备推荐学习最好的大山。根爷摇头了，建议推荐我这个孤儿。这令二河很不高兴，又说起根爷是逃兵的事。根爷却只是笑笑。

大山不干了，上不上大学他不在乎，他实在受不了二河的说法。于是，他向根爷要证据，要能证明根爷不是逃兵的证据。有人给大山出主意，让根爷找出他的退伍证，或者军功章。根爷实在被大山逼急了，便找他的证件。可是根爷翻遍了屋内的坛坛罐罐，却始终没有找到。又有人给大山出主意，让根爷到民政上开个证明。根爷坚决地摇头了。

大山心里不情愿，还想说什么。根爷瞪圆了眼睛，你是孤儿？你不是还有我吗？

根爷和二河爹把我送进了大学。正巧，那时村里小学缺老师，二河和大山便同时被安排做了民师。我很惭愧，这个上大学的机会其实是属于大山的。

寒假的一个冬夜，天空中飘起了纷纷扬扬的雪花。根爷的茅草屋被雪压倒了。人们从废墟中救出根爷和大山时，根爷已经没了气息。大山哭得死去活来。二河爹和村里人都落了泪。

在根爷家的窗台下，二河发现了一个暗洞，里面有一个印花蓝布包裹，包着根爷的退伍证、残废证和十几枚军功章……

大学毕业后，我申请了去支援西藏。援藏回来后，我又被留在省城，再没有回过焦庄。

二十多年后的一天，我遇到了来省教育学院培训学习的二河。我问起了大山的情况。

二河说，大山早已不做民师了，他现在是焦庄的村主任，还是养殖专业户呢。

我叹息道，这个逃兵，若不放弃，也该民师转正了罢！

二河眼睛里湿湿的，不是的，当初，下放民师，我们俩只能保留一个，他才放弃了。

寻找张三

张三是我的铁哥们儿。他考上师范大学时，我刚被分到炮兵连。他写信告诉我，他原来是喜欢建筑设计的，现在却喜欢起师范专业了。由于我忙着考军校，便没有回信。大约不知过了多少个日子，我终于考上了军校。我忽然想张三了，于是给他写信，却没有收到他的回信。我这才记起，张三早该大学毕业了。

我非常着急，竟然联系不到张三了。

我转业到牟山做副乡长时，寻找张三的愿望更强烈了。我确切地记得，张三的老家就在牟山。当我着手寻找时，又犯愁了：牟山叫张三的人真不少呀，老老少少竟有几十个。看着我眉头紧锁的神情，秘书小王忽有所悟："当老师的张三，不就是咱乡里的教办主任嘛！"

想不到分别多年后，张三竟能独当一面，在工作上如此有出息！

小王陪我来到了教办。接待我的是一个黑胖的男人，一脸的络腮胡须。通过小王的介绍，我才知道，这就是教办主任张三。但这绝不是我的朋友张三，在我记忆中，张三个子高挑，长得白白净净的。

张三主任笑了："你说的张三应该在中学。不过，他好像现在也不在那儿工作了，好像是考了咱乡政府的公务员，再后来……"

这点，我和小王都没有想到。于是小王找了组织干事小黄，小黄又找了张三在学校和他做公务员后的几位同事，这样才得来一丁点儿信息：张三做老师的日子并不如意，在学校里从来没受过重用，并成了各种荣誉遗忘的对象。他把小提琴锁进了皮箱，因为领导认为拉小提琴是工作不专心的体现。张三考上公务员后在办公室做文字工作，他写东西比较快，不很爱说话，后来不知什么原因便辞职了。至于现在做什么，谁也说不准，总之离开了牟山，去做了谁也不知道的事情。

张三已经不做老师了。也许他是因为受不了学校里令人窒息的空气，才去做了公务员。可是，一直内向孤傲的张三怎么可以不拉小提琴？我不知道，张三在镇政府做秘书的日子里，是如何地打发每一个日子。也许是因为张三又同样感到沉闷，这才又离开了。

众人的说法很模糊却也基本一致：张三可能在坎坷的现实面前做了逃兵，他偏离了自己的轨道，背叛了他的理想！

张三就这样消失在人们的视野里。我一次次重读他寄给我的信，他的信让我对他好生牵挂。张三怎么可以这样？怎么可以背叛自己的理想？寻找张三，成了我相当长时间的一个愿望。

七月里，天空下起了连绵大雨。我连日来蹲守、吃住都在牟山水库上。老天爷好像长了眼，近两天雨渐渐小了，我一颗悬着的心放了下来。乡长打来电话：张三回来了，那个既当过老师又做过公务员的张三回来了。他如今在外面从事房地产开发，建起了无数个大楼，积累了巨额的财富，并决定捐资改建牟山水库附近的一所小学。我立刻拨通了张三的电话。听声音，张三变了许多，竟然丝毫找不到我记忆中的印象。张三找到了，然而，此时我却没有一点兴奋或激动。曾经一门心思做老师的张三原来这么俗，他的脑髓里竟然全是当官发财。张三完了。

我们在乡长办公室见了面，陪坐的有教办的张三主任。

我一脸的惊愕：这个“小眼睛”的富翁，也不是我要找的张三，虽然他们个子一样高挑，长得一样白净，还一样地爱拉小提琴。我陷入了困惑之中：我的朋友张三呢？

牟山水库又打来电话，说是水库水位又开始上涨，情况极其危险。我立即叫小王安排车，赶往牟山水库。两个张三也跟到了牟山水库。

雨越下越大，急骤的雨水汇成许多条水流，从四面山上冲向牟山水库。我急了眼：水库一旦决口，山坳里的几个村庄将会被冲得荡然无存。我组织所有抗灾队员运来石块、木料、沙袋，用各种方式加固着大堤。我悲怆地望着天：我不知道，如果雨依然下个不停，我们的努力将会是什么结果！

临近傍晚时，雨渐渐小了。我几乎要瘫坐在大堤上。教办的张三主任气喘吁吁地跑来：“不好了，山坳里那所小学的房子有要坍塌的迹象，校长正组织抢搬教学设施……”

我们赶到时，村民和孩子们正站在雨中。所有的教学用品都被抢了出来，盖在了雨布下。一个血肉模糊的人被村民从教室的废墟中抬了出来，孩子们都哭了。那是他们的校长，小学里唯一的老师。我流着泪为他拭去脸上的血迹：天哪，这怎么是我的铁哥们儿张三？张三一直还做老师呀！

留　根

留根姓程，是个孤儿。邻居程老爹见他可怜，又是本家，就收养了他。我和留根是一块儿入伍，我去了东北，留根去了西藏。我和留根的文化水平都不高，在部队时彼此不曾写过信。直到退伍时我才知道，留根已与桂芝断了关系。我很疑惑，留根与桂芝青梅竹马，他怎会舍了多年的恋情？据邻居们说，留根探家时与桂芝的关系还是好好的，回部队后仅三个月就给桂芝发来了断绝关系的电报。桂芝很快就嫁了，嫁给了程老爹的儿子留德。留根这家伙肯定是脑袋进水了，他怎会让丑陋的留德捡了个大便宜。

桂芝的儿子栓柱五岁时，程老爹去世了。程老爹留下遗言，要留德搬进老房子，把刚造好的新院子留给留根，让还在部队的他有个念想。这件事让邻居们又有了说法，留根和桂芝的事，说不定是老头子的诡计，留根这才与桂芝断了关系。

我当上大队支书这年，留根转业了，分到了公社的民政上。邻居们一下子明白了其中的缘由。这小子可能是因为在部队提干了，端上了铁饭碗，才决定与桂芝断了关系。

留根平时不住在公社大院里，每天下班后便回村里。他很少串门，村里人大多不怎么理他。遇到桂芝时，他总想凑上去搭话。桂芝不理，抱着孩子走开了。留根很没趣，便独自离去了。

看到这个状况，邻居们感觉非常可笑。这家伙想什么呢？莫非真的脑袋进水了？谁让他当初坏了良心当了陈世美，若非如此，他不也有这样一家人吗？我感觉非常可气，甚至不想搭理他。可是，我是大队支书，又与他是兄弟，便不能对他的事置若罔闻、置之不理。

我惊奇地发现，留根虽然已年近四十，身边却没有女人。这是怎么回事？

难道是离婚了，难道他有过一段更为曲折、痛苦的经历？我忽然有些可怜他，决定给他说门亲事。

留根只是淡淡地一笑，对往事却只字不提。说到给他提门亲事，他一直摇头。但他最终没有拗过我，答应尽快成个家。我想，留根长得白白净净的，又有个铁饭碗，什么样的亲事说不成呢？然而每次相亲时，他总是神情木讷甚至羞羞答答的，使我的努力化成了泡影。

于是，留根又成了村里谈论的话题，觉得他之所以良缘难结，关键是他自身出了问题。比方说，留根已经偌大岁数，却不见嘴上有胡子，也许他根本不是真男人，当然也就无法与女人相处了。这种说法让我感觉怪怪的，事实若真的如此，他舍了桂芝的做法便情有可原，他便完全是个好人。不过，留根和我是光屁股时的伙伴，他是不是男人我是清楚的，这种说法只不过表达着邻居们的愤恨吧。

实行生产责任制那年，桂芝的女儿秀秀出生了。不久，留德便因病去世了。桂芝娘仨的日子过得艰难。成了寡妇的桂芝风韵犹存，便有几个光棍汉常去桂芝家。留根也常去桂芝那儿，有时还给栓柱和秀秀买了零食或书本。栓柱欢喜得不得了。桂芝似乎对留根有一些热情，有时还让他在家里吃饭。其他人便都不再去了，因为所有的人都知道，留根端着铁饭碗，谁能与他争？我想，不如将二人撮合了，这也不失为一件美事。留根有工资，一个人花不了的，正好帮衬了她娘仨，留根也有了照顾。我先向桂芝讲了这个想法，桂芝却恨恨的样子，死活不答应。

留根依然常去桂芝家，有时还去田里帮她干活。栓柱要交学杂费时，留根便主动送到了学校。这样，村里又有了新说法。栓柱和秀秀模样白净净的，竟然看不出一点留德的影子。一个邻居忽然记起，栓柱出生时似乎不满十个月，栓柱会不会是留根的种？至于秀秀是谁的，这谁也说不准。桂芝也真是的，人家抛弃了你，你又怎会如此没有骨气，接受留根的施舍呢？给你俩再牵线你不肯，却与留根做了相好。留根脑袋进水了，你桂芝也脑袋进水了吗？可怜的留德，因为留根的铁饭碗，桂芝把贞节丢了，养了多年的孩子却说不准是谁的。

渐渐地，村里有了留根和桂芝的更多流言，全是一些孤男寡女的见不得人的故事。二人的事总让人感觉不对，可是，思来想去却又想不出有什么不对。

后来，栓柱考上了医科大学，秀秀也到镇里上了初中。栓柱分配到县医院时，留根刚好退休了。栓柱一直记得留根的好，找到我说他娘和留根的事。我又先去跟桂芝说了，桂芝很乐意。问到留根时，他却死活不答应了。

年底的一个傍晚，天空中飘着雪花。留根去镇上办事，被疾驶而来的一辆车挂住了衣角，摔进了山沟里。留根被送到了县医院。

我和桂芝一直等在手术室外。手术是栓柱做的，很成功。栓柱很好奇地给我们讲了手术中的一件事："留根大伯竟然不是男人，他的睾丸早已被摘除过，可能是很多年前的手术。"

桂芝眼泪汪汪地说："胡说，这么大的手术我咋没听说过？"

我也蒙了：原来，邻居们和我的猜测纯属胡扯。

黑队长

黑队长依然是嗓门震天响：“你先去麦地里看看有没有收割机；二蛋小两口正干仗呢，我还得赶过去。”

说完，黑队长一溜小跑着去了二蛋家。

“死老黑，还以为你是生产队长呢！自己的麦子不割了？”黑大娘气得直跺脚。

黑大娘一辈子没生养，虽然跟前没有儿孙的吵闹，平日里与老黑的闲气却生了不少。在生产队时，老黑是多年的老队长，劳动期间，妇女们总借着各种理由回家。当黑大娘也提出回家一趟时，老黑当场否决了：“你回家做什么，又没有孩子吃奶！”

为这事黑大娘大哭了一场。

“你个死老黑，谁不想有个孩子呀，你怎么戳人短处？如果不是我家的那地主成分，我怎肯嫁给你个黑不溜秋的死老黑。”黑大娘年轻时是远近闻名的美人，在那个惟成分论的年代里，谁敢娶地主的女儿？老黑却凭着根红苗壮，自荐当了地主家的女婿。

事后，老黑赔着笑脸说：“我说的可是实情呢，却没有别的意思，不信，挖开我这心你看看，装着你呢！”

黑大娘这才破涕为笑。

现在，虽然生产队已经成为历史，老黑却依然把自己当作邻里的当家人，谁家有个灾有个难，他总跑在前头。谁家老人不在了，谁家娶媳添娃了，也总是来给他商量。他总是笑着对黑大娘说，谁叫咱是队长呢！

黑大娘却不认他这个理：“你都这把年纪了，还操这么多的心，累得晚上睡觉直哼哼，歇不过来呢，充什么能！你看，人家二蛋闹家务事，你操什么心？你去地里看看，我就是不去，你不是能行吗？操完心自己运去！”

黑大娘搬了小板凳，坐到了门口的树阴里。可是她坐了一会儿，又觉得不妥，麦子要焦头了，与他生什么气呢，这个死老黑。

黑大娘赶紧来到村东头的老于家。老于家没人，只有那头草驴拴在大门后。那头公驴呢，那头公驴好使呢！也许是老于头牵着去了麦地吧。黑大娘赶紧牵着这头草驴去自家套车。

快要到家时，只听得山那边一声驴鸣，草驴一昂首，挣脱了缰绳，朝着山的那边跑去。黑大娘一腚坐在地上，哭了起来：

“你个死老黑，自家的麦子不收了？让我一个老太太怎么办？”

黑大娘哭了好大一会儿，只见远处跑来两头驴，正是老于家的那两头驴。后面跟着黑队长，上气不接下气地直喘。

黑大娘赶紧站了起来：“你个死老黑，拉着排车跑什么，怎么不套上那头驴？”

两头驴跑到黑大娘眼前，忽然停下了，相互用嘴抚吻着对方。

黑队长气喘吁吁地抓住缰绳，把两头驴拴在了树上，这才说了话：“我去老于家牵了驴，想去咱家套车呢，不想这熊驴劲真大，我竟然没牵住。”

黑大娘这才擦干了眼泪，禁不住笑了：“死老黑，你也老了，连头驴也牵不住，真不羞。”

黑队长抹了一把头上的汗：“可不是，那头公驴不愿与那草驴分群，一个劲儿地跑，我怎么牵得住。那草驴怎么回事？你哭什么？”

“死老黑！”黑大娘使劲地在黑队长背上捶了两拳。

一辆三轮车向黑队长家的方向驶来。

“黑队长，黑大娘，怎么坐在这儿？赶紧回家扫扫院子，我把麦子给你收来了。”

这时，二蛋跳下车来，二蛋的媳妇也跟着跳了下来。

黑队长板了脸：“你家的地多着呢，怎么先收了我的呢？这点麦子我自己收就是了，还难得住我？当年，谁不知我是生产队的一把好手，不信问你爹去。”

“我们信，我们信，我的麦子还没割到呢，收割机先收了你的，我们便给你送了来。”二蛋媳妇笑着说。

黑队长不再说什么，与黑大娘一块儿走回家里，把院子扫了个干净。其实二人心里明镜似的，什么先割后割，还不是这些孩子看着二人老了，又没有帮手，故意帮着他们。

二蛋卸下车斗里的麦子，赶紧又开车去了地里！

黑大娘埋怨道："你这人真实在，人家给你帮忙，就不向人家说声谢谢？"

黑队长咧了咧嘴："自家的孩子，谢什么。"

"那你还不去给人家帮忙，家里的麦子有我就行了。"

黑队长又笑了："不急，不急，我还要给老于家去送驴呢。"

黑大娘脸红了，白了他一眼："去你的！"

换个锁芯

傍晚，小区内散步的人很多。我举起刚捡到的那串钥匙："谁丢了钥匙?"

不少人围过来观看，然后又摇着头离开了。我着急去买火车票，随手把钥匙放进了兜里。

夜里十点多，我把岳父、岳母送上了去北京的火车。这时，我再次听到了兜里钥匙的声响，才感到了问题的严重。钥匙的主人肯定是要着急的。我傻帽似的挨家去寻找失主吗？钥匙已在我兜里待了几个小时，如果钥匙的主人此间真的少了东西，即使与这串钥匙无关，我似乎也难脱干系。我想了又想，决定把钥匙送去传达室。

第二天早晨，我与章主任一块去了财政局上报材料，然后又一块来到单位上班。我俩惊奇地发现，财务室的门开着。是谁开的门呢？小王昨天请了假，他的妻子快要生了，办公室只有我们三人才有钥匙。章主任下意识地摸了摸腰间，钥匙没了。章主任顿时流了汗：

"那串钥匙里还有家中的呢！现在家中没人，丢了东西怎么办?"

他拨通了妻子的电话，告诉她钥匙丢了，赶紧让防盗门安装公司给换个锁芯。

我忽然记起昨夜捡到的那串钥匙。我和章主任同住一个小区，怎么没想到他会丢钥匙？该不该把捡到钥匙的事告诉他？如果那串钥匙被别人冒领了，或者传达室的保安趁此行窃，章主任家岂不被偷个精光？即使那串钥匙还在传达室，章主任家什么都没丢，但谁能保证他家以后不丢东西？谁又能保证他不怀疑我在钥匙上做了手脚？那串钥匙毕竟在我兜里待过很长时间。

小王抱着一摞资料走了进来。

"昨天去了医院，医生说俺妻子还要推几天才能生。我来到办公室，第一眼就瞧见了这串钥匙。”他从一本书下拿出了一串钥匙。

原来是虚惊一场。章主任摸起手机，又一次拨通了妻子的电话。

大约快要下班时，妻子给我打来了电话：

“不知啥时我把钥匙丢了，急死了。”

我平静而畅快的心，顿时提到了嗓子眼。我又想到了昨晚捡到的那串钥匙。从昨晚到今天上午已过去了十多个小时，不管是别人冒领钥匙，还是保安自行偷盗，还不一样把我家偷个精光？昨儿捡到钥匙后，我还曾非常可笑地大声吆喝。自家的钥匙都没有认出，这能怪谁呢？

我给防盗门安装公司打了电话，然后立刻回了家。

妻子又打来电话：

“我中午要回趟娘家，爹娘都去了北京，实在不放心。吃饭不要等我！”

傍晚，我拿出新钥匙开门，却无论如何都打不开。正纳闷时，妻子从里面开了门。妻子恨恨地骂道：

“什么狗屁防盗门，我回来时怎么都打不开！这才让防盗门安装公司给换了个锁芯。”

我有点气急败坏：“你不是说钥匙丢了？我刚换的锁芯，你怎么又换了锁芯？”

“不是咱家的，我是把我爹娘留下的钥匙丢了。发现丢了钥匙，我就回来找，原以为是丢在了家里，却见钥匙挂在传达室窗户上。要不，我中午怎么回了娘家呢！”妻子一脸懊恼。

晚饭后，小区内散步的人依然很多，两个保安笔直地站在大门口。我无意间把章主任丢钥匙的事讲给了一块散步的妻子。妻子大惊失色：

“钥匙在传达室放了那么久？会不会有人做手脚？俺娘家的防盗门是不是也该换个锁芯？”

我重重地点点头：“换！”

第二辑

幸福的花儿

记得你的生日

傍晚，妻子带儿子去给同事过生日了，只留他一个人在家。过生日这种事，他从不愿意参与，但也不很反对。给同事过生日，无非就是随个份子、道声祝福，以图在一个单位好混日子。

他草草地吃了点饭，便去看电视。看了一会儿电视，又觉得乏味，便早早上了床。躺在床上，他漫无目的地翻阅着妻子带回家的一本杂志，一篇名叫《记得你的生日》的微型小说立刻吸引了他的眼球。文中的女主人公叫虹，大学毕业后与恋人分到了一个公司里。因为一个偶然的误会，二人分手了。那男人娶了公司老总的女儿，并很快被提为副总。虹则嫁给了一个小公务员。平淡的生活令虹感觉恹恹的，她说不出丈夫有什么不好，却总感觉二人之间缺点什么。在此后的很多个日子里，副总过生日时，虹从来不去。这次她去了，最后她竟与副总发展到了床上……

看完这篇小说，他忽然感觉头皮有些发炸。女主人公正与妻子同名，妻子的初恋情人辉也正是老总的女婿，如今公司的副总。他没有问妻子给哪个同事过生日，会不会是那个辉？想想婚后的生活，他感觉真的像小说中写的那样，平淡乏味。他相貌平平，也像那小公务员一样无职无权。而辉则像小说中的副总，长得潇洒，又很有钱。此时，他有些敬佩那位叫什么的作家的天才想象力，同时又为自己的现实状况惶恐不已。

他越来越担心。迷途中的女人往往是最不理智，虽然儿子还与她在一块，但疯狂的男女会顾忌到孩子的眼睛吗？妻子回来后，是不是要直接问问她？问清了，然后跟她摊牌，跟她离婚。他琢磨再三，又感觉这样不妥，还是应该先问问儿子，现在他全是猜测，没有任何证据呀！

正想着，他听到了开门的声音，是妻子和儿子回来了。他赶紧把杂志放回了原处，装成睡熟的样子。妻子叫了他几声，他没有应。然后就听到妻子和儿子洗刷的声音，儿子上床的声音，妻子脱衣的声音。半夜里醒来，他发现妻子正抱紧了他。他有些想哭的感觉：此时，妻子梦中拥抱的会不会是辉？

第二天中午放学，他去接了儿子。他趁机问儿子昨晚过生日的事。儿子告诉他，过生日的那人是妈妈公司的副总。此时，妻子打来电话：

“单位忙，我不能回家了。”

他口里应着，心里却哼了一声：发展得真快呀！

下午临近下班时，妻子又打来电话：

“你去接儿子吧，我还要去商店买点东西。”

他想再问点什么，妻子却挂上了电话。他感到一阵阵悲凉：露馅儿了吧，还不就是旧情复燃，急于去约会吗？愚蠢的女人呀，为什么还要记挂儿子放学？为什么还要打这个电话？

他接了儿子后，便带儿子去了快餐店。他没有回家做饭的心情，也不想饿着儿子和自己。吃过饭后，他又带着儿子去了游乐场。他想让儿子玩个痛快。如今的家中，只有儿子才是他最亲的人呀！

刚上夜影时，他带儿子回到家。他惊呆了，妻子做了一桌的菜，桌子中间还放了一个大蛋糕。妻子看着他惊讶的样子说：

“老公，祝你生日快乐！”

儿子站在他身旁，也使劲地晃着他的手：

“爸爸，生日快乐！”他的眼泪几乎要掉下来……

躺在床上的时候，他问妻子：“你记得我的生日？老大不小了过什么生日？”

“你和孩子不都是我最亲的人吗？”妻子答非所问地翻阅着那本杂志，正巧翻到《记得你的生日》。

他夺过杂志：“别看了，咱说会儿话，那小说没意思。”

妻子愣了一下：“这篇小说不错的，你看过了？”

“什么狗屁小说，纯属胡扯！”他拉灭了灯，狠狠地把妻子揽在了怀里。

三先生

三先生姓文，排行第三，乡里人都称他为三先生。三先生十三岁时考中秀才，自此科举不兴，也断了他的科举之梦。于是他在家里开了一个蒙馆，教授乡邻子弟。三先生没有上过新兴的洋学，走得最远的地方是五十多里外的那个小县城。但他熟读经书，懂得读书的重要。三先生因他的人品和渊博，深得乡邻的敬重。

狗娃是三先生最得意的学生。一次，三先生在讲《阳货欲见孔子章》时，狗娃不仅做到了当堂背诵，还对三先生的某些讲述提出了异议。这让三先生很感高兴。

三先生很爱读书，学生大声读书时，他也常常是放开喉咙。每当此时，他的脸上总是洋溢着一种满足与自豪。他对读书的喜爱，近乎于痴迷。

三先生最头痛的学生是王二黑，王二黑常常被他打得手背红肿。每当三先生拿起戒尺，第一句话总是说：

“看人家狗娃，你又有哪一点比得上？你是文章比他写得好，还是字比他写得漂亮？需知半部《论语》治天下，孺子不可教，竟不知读书的重要！”

王二黑私下里却对他的同学说：

“什么半部《论语》治天下，先生学问这么好，为何屈居在我们这山旮旯里？读这些书当真很有用的吗？”

王二黑的这话从狗娃那儿传出后，三先生无奈地叹了一口气：“孺子不可教也，没文化能有什么出息！”他拿起戒尺，却又放下了。王二黑的话使他第一次对自己产生了疑惑。

因为年景不好，王二黑仅上了三年私塾，便随母亲逃荒去了他乡。

深冬的一个夜晚，三先生忽然听到敲门声。

“先生——是我”。

他穿上羊皮袄，端着洋油灯开了门。街上整齐地站着十多个衣衫褴褛、血迹斑斑的人，其中一人挎着盒子枪，满脸的络腮胡子。三先生一眼认了出来，是王二黑。

“先生，我们刚跳出了鬼子的包围圈，需要休整，我想——”

三先生摆了摆手没让他再说下去，立即打开大门，然后让老婆子给战士们烧水。

邻居们知道是王二黑带着队伍来了，纷纷过来探望、帮忙。

逃荒时，王二黑埋葬了饿死的母亲后，便参加了八路军。从王二黑的讲述中，先生第一次知道在八路中有个润之先生，也是私塾出身。

自此，三先生沉默了许多，眉宇间凝聚着几多悲凉。每逢饭后茶余，他便想起润之先生等人的事，于是悲凉之中又平添了几分遗憾。

先生找来了他最赏识的几个学生。

“什么时候文化人都珍贵呀”，三先生有些伤感，“都跟王二黑出去吧”。

“爷爷——”狗娃皱着眉头欲言又止。

王二黑走了，狗娃等人也换上了灰布军装。

又一个深夜，北风刺耳地响。三先生正要睡下，忽然传来敲门声。

狗娃回来了。

“鬼子追来了，爷爷救我。”狗娃满身血迹，进门后瘫倒在地上，裤子尿湿了一大片。原来，王二黑他们又遭到了鬼子的围剿，战斗打得异常惨烈，尸体堆成了小山，部队也被打散了，狗娃趁机当了逃兵。

三先生拿起长烟袋，照着狗娃的脑袋狠狠地敲了三下：

“孺子无能，孺子不可教也!”

此时，从村口传来激烈的枪声和此起彼伏的狗吠声。村里人大惊失色，纷纷关上了自家的屋门。三先生用长烟袋指了指后院：

“快，狗娃，来不及了，地窖。”

鬼子包围了村子，村里人全部被集中到了村东头的一片空地上。

“乡亲们，有个土八路跑进了村子，小野队长说了，谁说出来，赏大洋一百。”小矮子翻译拿着枪比划着。

三先生一眼认出，这小矮子翻译是邻村地主柳老八的大公子，上过新学留过洋，在本地也算小有名气。

不一会儿，十多个村民被吊在了村头的大树下。

小矮子翻译歇斯底里地又叫嚷了一番，人们却依然无人言语。

三先生也被拉上前来。

“你也算个文化人——”

看着小矮子翻译，三先生气得胡子直颤；他拿起自己的长烟袋，照着小矮子翻译打去。

“砰”，一声枪响，三先生倒在了血泊中……

三先生带着满腹的愤怒和遗憾离开了人世。

村里人为他举行了隆重的葬礼。狗娃又重新回到了部队。

王二黑的故事

“天刚蒙蒙亮时，拾粪的张石头发现了一件奇怪的事。你知道张石头发现了啥事?”爷爷抽着烟，拍着毫无睡意的我问道。

我瞪大了眼睛，问道：“发现了啥事?”其实，这个故事爷爷已给我讲了很多遍。只因为我敬重王二黑，并喜欢听王二黑的故事，所以才不肯打断爷爷的话头。张石头发现路旁有一滩血迹，那血迹一直滴向牟山南坡的坟地里。王二黑正跪在他爹的坟前，旁边还躺着血肉模糊的尿子。张石头顿时明白了事情的缘由。王二黑逃荒时参加了八路军，由于他作战勇敢，不久被提为班长。本来，王二黑当八路的事村里知道的人不多，可是有一次二黑爹喝醉了酒，在村头炫耀起他的儿子：“俺家二黑在八路里当了官，并且还是狙击手，知道什么是狙击手吗?就是神枪手，他打枪的本事，已经能超过杨家将的‘百步穿杨’！就像那杨六郎，前扎一枪伤敌八百，后扎一枪撂敌一千……”此话被一心想去日本人那里领赏的尿子知道了，尿子连夜去了牟山据点。二黑爹被抓到据点里，不久就被杀害了。当妻子领着儿子小黑找到他时，他正奉命前来侦察牟山据点的敌情。王二黑在爹的坟前手刃了仇人。

“王二黑带着妻儿回到驻地时，队伍已经转移了，”爷爷磕了磕烟锅，叹息着说，“为了寻找队伍，他差一点陷入鬼子的包围。指导员把他狠狠地批评了一顿。自此，王二黑的老婆和儿子小黑都成了八路。他那儿子长得也像他一般黑，可惜——”

爷爷要讲的下一段我也知道。在抗战时，王二黑的母亲不在了。解放后，在剿灭土匪李老八中，他的妻子牺牲了。儿子王小黑也死了，却是死在王二黑的手上。有一天夜里，王二黑深夜查岗，站岗的正是王小黑。王二黑问口令，王小黑没有答上来。王二黑命令警卫员开了枪。

我摇着头问道："王二黑咋那么绝情？"

"啥叫绝情？"爷爷瞪大了眼睛，"那时匪情残酷呀，一时的不慎，不知会给革命造成多大损失呢！为了革命，他二黑哪里敢有半点私情？"

王二黑就是这样的人。爷爷讲的这些，我信。

王二黑的妻侄退伍后，想让已经做师长的王二黑给地方上打个招呼，安排个好一点的单位。王二黑没有答应。每讲这段时，爷爷总是竖起大拇指："好个铁面无私的王二黑！"

刚实行生产责任制那会儿，王二黑回了牟山。那时，我已是一个十多岁的小伙子。王二黑既没有带着他的狙击步枪，也没有骑着高头大马，而是坐着村里去县城拉化肥的大马车来的。我爷爷是王二黑儿时最好的伙伴。王二黑已经没了亲人，王二黑下车后，拄着拐杖来到我家里。我这才知道，王二黑的那条长腿已经残了，他每走一步都极费力。来到我家时，他额头上竟然挂满了汗珠。左邻右舍都来了，坐了满满的一屋。我爷爷把他扶到了床沿上，用烟锅装了一锅牟山老烟叶，递给了王二黑。王二黑拍着他那条废腿，告诉大家伙：他一生爬过无数座山，趟过无数条河，受过无数次伤，实在说不清是啥时给他的腿留下了后遗症；年轻时没啥感觉，如今老了，倒要依靠拐杖了。

王二黑在爹的坟前坐了整整一夜。他抽着老烟叶，流了满脸的泪。

王二黑离开牟山时，彩霞映红了远方的天空。

我见到了王二黑，然而我内心却充满了失望。王二黑应该骑着高头大马，王二黑应该健步如飞。我们的王二黑，怎么变成一个拄拐杖的老人？有很多次，我梦到了王二黑：一会儿，王二黑抱着狙击步枪，飞快地冲向敌阵；一会儿，王二黑又拄着拐杖，步履蹒跚地走在牟山的山头。王二黑今非昔比，谁又肯告诉我，他那支拐杖的背后又有怎样美丽的故事？

爷爷告诉我："二黑看我们都过上了好日子，心里很高兴。他说，他的腿残得有价值，他希望死后葬在咱牟山，葬在他爹的坟旁。"

爷爷说这话时，神情很是凄凉。

富 贵

富贵比我小半岁。听我娘说，富贵出生那天，天气极寒冷，厚厚的积雪压塌了村口的草棚。我娘是牟山唯一的接生婆，因事去了焦河北岸。富贵爹急得头上冒了汗。幸好河面冻结了，富贵爹让人赶马车过了河接回我娘。

富贵的名字，是村里教私塾的三先生起的。三先生端着长长的烟袋，眯着眼细观了富贵的五官，又凝神斟酌了一番，才取了“富贵”二字。三先生说，贵人出生必然会天降异象，富贵出生时大雪封门，不就意味着这孩子会显贵吗？三先生是文化人，他的话，富贵的爹娘信，所有的牟山人都信。

富贵家在焦河一带算是富户。富贵八岁时，富贵爹把三先生请到了家中单独办馆。那时我娘在富贵家做帮工，富贵爹便许我和三先生家的狗娃做了他儿子的陪读。那时，村东五十多里处的峄山出了一伙土匪，匪首叫李老八，专门打劫远近的富户。富贵爹于是派了长工每日守在村头，又在家里挖了地窖，以防不测。富贵爹又请了拳师，教富贵及乡邻们拳脚功夫。富贵书读得好，拳脚功夫更是胜我和狗娃许多，邻居家的几个小孩几乎无法近身。

抗战初年的一天，凛冽的北风刮得正猛，村口报警的老钟响了。富贵爹催促着众人躲进了地窖里。过了许久，却不见土匪进村。直到我娘放声大哭，富贵爹才发现富贵、狗娃和我并不在地窖里。原来，听到钟声后，已成为翩翩少年的富贵仗着一身功夫，不愿去地窖躲避，便撺掇我和狗娃一块儿去迎战李老八。土匪一拥而上，没等富贵施展拳脚，便把他摁在了雪地里。我和狗娃哭喊着，却无人理睬，眼瞅着富贵被绑了去。富贵爹卖光了地，凑足了银元，才把富贵赎了出来。

对此牟山人早已有了议论。我和狗娃命里没有那份富贵，自然不值一提。而富贵家如今的状况，让人看不到他有任何贵人的迹象。三先生的话也似乎成了空话。三先生皱了眉头，说，富贵出生时，空中似乎还炸了一个响雷，当时他正坐在富贵家的外屋，听得真切，却不曾说破。这雷非同寻常，一定是这雷声拧了他的运气。

第二年深冬的一个夜晚，王二黑带着队伍来到村上。富贵一心想参加八路，却遭到了富贵爹的强烈反对。富贵爹说，我可不管什么军队，什么主义，好孩子不当兵，当兵就是把脑袋别在裤腰带上，哪里会有什么出息？

三先生则皱了眉，这李老八，连年的灾荒，还有这日本鬼子，又哪里有咱庄户人的活路？三先生的话，让所有人都没了话说。富贵、狗娃和我，以及村里的其他青年一块儿参加了八路。

富贵到了部队后，屡立战功，并做了我们的排长。淮海战役时，部队被打散了，我负伤去了后方医院，狗娃则退伍回了牟山。富贵从此却像蒸发了一样，没有了任何消息。牟山一块儿参军的几个人，也都留意地打听富贵的消息。牟山参加过支前的人很多，都亲眼看到过那尸骨如山、血流成河的惨状，感觉富贵已经没有生存的希望了：战争是残酷的，说不准在哪场战斗中哪堆尸骨中就有富贵。

富贵家虽然曾经富有，却不像一般地主那样欺压过百姓。牟山土改那年，富贵家因已一贫如洗被定为贫农，也算是因祸得福了。然而这时，已做了区民政助理的我，却得到了富贵的消息。富贵南下后，接受了一项新任务，去国民党某军做了卧底。富贵如今在省城做了某公安分局侦查科长，并且早已成了家 。

牟山人相信，富贵毕竟是贵人命，虽然几经磨难，到头来还是做了官，并娶了一个庄户人想都不敢想的俊女人。

富贵回乡探亲时，因成分问题找到了老支书。他说，他家曾有耕地近百亩，用过长工，划成贫农不符合政策规定。村里接受了他的建议，把他家由贫农改成了地主。

在1962年冬天，富贵又重新做回了农民。富贵最终没有成为贵人，出乎了村里很多人的意料。他是响应国家号召，主动申请回了牟山。在他看来，像他一样有工作能力的同志很多，他应该为精简机关人员带个头。富贵还带回了他的老婆和儿子。他的老婆果然俊俏，花儿一样。他的儿子叫大贵，长得白净、挺拔，和富贵简直是一个模子里刻的。牟山人却探听到，富贵的老婆是南蛮子，早年其实做过妓女，又做过某国军高官的小老婆，是在南京解放后才跟了他。

我娘这时站出来为富贵作了辩护。她说，富贵之所以没有富贵，完全是因为三先生所说的那个响雷，而富贵出生时其实也并没有响雷，她听得清楚，是富贵娘生产时放了一个响屁，富贵肯定是被屁臭着了。三先生当时在外屋，一定是听差了。试问大家，当年那个雪夜，谁听见了响雷？

牟山人哑口无言了。三先生在抗战时就已故去，实在无法对证。富贵出生时，正值雪夜，人们都睡了去，三先生似乎是说过当时响了个雷，我娘也似乎说过是屁不是雷的话，却没有谁在意过。

我娘又说，我觉得富贵回牟山也没有什么不好，他带回来那么俊的老婆，那么俊的儿子，这命挺不错的。

幸福的花儿

与花儿不相见已十余年了。花儿在远离县城的大山里教书，嫁了一个山村教师。我一直放不下对花儿的牵挂。我无法想象，花儿是否过得幸福，山野凛冽的风是否吹裂了她白皙的面庞？

周末，我意外地碰见了花儿。我努力地睁大了眼睛，立刻判断出她就是花儿。虽然她身后已不见了那条大辫子，可是，她白皙的皮肤依然闪着光，姣好的身材依然婀娜。

花儿见了我，也是异常高兴。如果不是因为天热，我肯定与她要多拥抱一会儿，让她从我的双臂中体会一下我的思念。我抓紧了她的双手，不停地晃动，问她为什么一直躲在山里，为什么不来小城走动走动。

我告诉花儿："咱这次同学聚会，你没到场，同学们都抱怨得不得了。同学们抱怨得有道理，毕竟是首次聚会嘛！楠早已不做老师了，她是和做开发商的丈夫一块儿来的。辉也来了，他在政府里做了不小的官。大家一块回忆幸福的大学生活，回忆大学时的每一天。大家都说，你是最漂亮的，也是最聪明的。很多男生说，没有能娶你为妻，真的是一种遗憾。"

花儿红了脸，两手扶着腰，静静地听我说话。她有时会插进一句，说起话来很矜持，很注意分寸。

我对花儿又说起了楠和辉。

"辉一直有些坐立不安，几次想走过来同楠说话，但看着楠冰冷的样子，竟然一句也说不出。楠是不是故意？那样对待辉公平吗？都已是中年人了，辉对她还有非分之想？楠带着男人来参加聚会，有点神经质吧，不就是有几个臭钱吗？人家辉是政府官员，往家里送礼的排队哩，哪一点比楠的男人差？照我说，辉活得才幸福呢！"

小城的天很闷热，没有一丝风。花儿一手揉着腰，另一只手拿出手绢，轻轻地拭去了额上的汗珠。对这次聚会，花儿并没有解释什么。在谈话中，花儿似乎很被动，偶尔才插上一句话。这是我曾经熟识的花儿吗？她的活泼，她的健谈，竟然消失得无影无踪！

花儿流汗了。我忽然意识到，我实在不该说起楠和辉。辉曾经很喜欢楠，花儿却非常喜欢辉。楠对辉一直保持着距离，辉却一直对花儿很冷淡。此后，我多次遇到过辉和楠，他们谁也没有提起对方，似乎根本没有过那段感情经历。楠提起过花儿，说花儿生活得很苦。我猜测，楠提到花儿，也许是出于对花儿的怜惜。我说不清他们之间到底是谁伤害了谁，更无法知道花儿此时的心情。难道她对辉还没有死心？若真如此，也不意外。辉是政府官员，有权有钱，所有人都像楠那样乏味吗？婚外恋是很时尚的东西，何况是对辉曾一往情深的花儿呢？

我转移了话题，问起花儿的近况。

花儿说，她喜欢乡下，那儿的人单纯，空气也新鲜。我暗自笑了起来。花儿的确是变了，甚至变得有些虚伪。如果不是当年的单纯和一时冲动，花儿会选择去山里教书？如果不是还记挂着辉，她怎么会流汗，并听我讲了这么多关于辉的事？经历了磨难后的花儿，也许对权力和金钱有了新的认识吧。我颇感慨：不管你曾是多么单纯、多么有理想的人，只要你食人间烟火，你就最终会回到现实，做一个俗人。

“我是喜欢过辉，可是后来我觉得，辉是不能以终身相托的。我与楠有联系，她一直为离开教育懊悔不已。她和老公每年都去我们小学，资助那儿的贫困孩子。楠说，她从不敢理会辉，辉是个奸猾的人。楠对辉的态度不好理解吗？如果像你说的那样，送礼的排队，那么，辉就更可怕了。”

花儿的话令我很意外。花儿的流汗也许并不是因为刚才的话题。

花儿习惯地摸起手绢，另一只手又揉向腰间。

我问道：“怎么了你，不舒服吗？”

“这次来县城是为了看病，腰椎有了点问题。一会儿就要与老公回山里了。”

“没在城里买房子吗？”我随口问道。

“没有。”花儿淡淡地说。

“花儿，你们口渴了吧。”一个胖胖的中年男人走了过来。男人手里拿着一个水杯。

“这是我老公。”花儿接过水杯，又把水杯放在我手里，“你一定也口渴了。周围没有卖水的，这是俺从山里带来的呢。”

我傻傻地看着那中年男人，竟然没说出一句话。我没有想到，花儿的丈夫就是这样一个普普通通的男人。我觉得刚才对花儿的猜疑完全是一种糊涂。花儿一直平淡地生活在山里，没有什么职权，没有多少金钱，可是，她有丈夫尽心的呵护，她依然生活得很幸福。

我把水杯放回了花儿的手里。一杯清水，谁愿意夺人之美呢！

肖 影

我是经过认真思考，才决定给肖影做媒的。

肖影的丈夫死后，曾有人给她介绍过对象，但被她拒绝了。她说，她不想给女儿找个后爸，她要给女儿一种安全感。在她心里，她的丈夫是唯一的，没有任何一个男人可以代替。

我相信肖影的话，也很理解她和丈夫之间的感情。虽然时下人们的观念不再守旧，再嫁不再是什么难堪的事，可是仍然有这样一种人，任由千难万苦，任由时光流逝，却不会改变心中的那份情感。我因此也不曾给肖影做过媒。既然她愿意守护这份感情，我又何必多事，非让她再嫁呢？

雪后的一个下午，肖影上大学的女儿给我打了电话。她说，今天她给妈妈打了几次电话，妈妈一直关机。她很担心妈妈，希望我能去她家看看，并操心给她妈妈介绍个对象。我实在搞不懂，这女孩为何想到给妈妈介绍对象。我竟然犹豫着答应了。

肖影与我住得并不远，中间隔着一块很宽的菜地。肖影的门虚掩着，屋里冰凉冰凉的。我来到肖影家时，她正一个人躺在床上发呆。

见我走进来，她赶忙坐起，给我倒水。我止住她，用手摸了摸她滚烫的额头，然后坐在了床沿上。等她吃了药，我给她说起她女儿的话，劝她好好考虑一下个人问题。

“我这个岁数，哪有这么好找呢？”听得出，她不再像以往那样坚持，似乎只是觉得再嫁很不容易。

看着她病快快的样子，我的泪几乎要流出来了。我其实没有必要坚持原来的看法。一个人的生活实在不易，也许生活就要把她压垮了。她的确是需要一个男人在身边，需要一个男人给予她所应有的一切。

我终于不再坚持自己的看法。

给肖影找对象成了我生活中很重要的一件事。肖影是个护士，有稳定的工作和收入，她故去的丈夫曾是乡党政办公室主任，是个事业有成的人。我向所有的朋友打听，向所有朋友的朋友打听，希望能打听到与肖影般配的人来。然而，我发现，无论从家庭条件，还是从年龄上，与肖影般配的人极少。

一个偶然的机会，我朋友的朋友谈起了他的朋友：此人在县政府某部门是个科长，在县城有楼房有车，妻子患重病死了。男人与妻子感情很深，伤心地死去活来。我的朋友的朋友便劝他说，是该找个伴了，这样苦着自己，你那故去的妻子地下有知，又怎能放心得下？那男人只是摇头，很坚决的样子。

知道了那男人的状况，我一直欷歔不已：又是一对苦命的鸳鸯。于是，我极力说服朋友的朋友，让他把我的意思转达给那男人，并对那男人做了说服工作。

那男人终于同意见面了。肖影也很感动，便答应去见面。那男人用他的车把我和肖影接到了县城的一个大酒店，我俩后来还去了男人的家里。

从肖影的言语和神色可以看出，她对那男人是满意的。男人对肖影也有相见恨晚之意。于是，彼此留了联系方式。

我感觉这个媒做得还算漂亮。肖影需要一种全新的生活，不管她与丈夫曾经怎样恩爱，不管现在还有多少世俗的眼睛盯着她。她应该好好地活着，为了女儿，也为了她自己。改嫁并不意味着对感情的背叛，如果这个世上真的有所谓灵魂，她的丈夫也一定支持她改嫁。因此，肖影可以重新选择一个男人，太多的优秀男人也可以来选择肖影。

后来，二人的交往渐渐多了，关系发展良好。我猜测，用不了多久，我就可以喝到肖影的喜酒了。

一个漫天飞雪的夜晚，肖影来到我家。她说："根本不是这样的！他原妻的母亲病了，他竟然不想过问。他与原妻子不是感情很深吗？老话说，一日夫妻百日恩。找了新欢，就把老妻忘得干净了，对外却是一副不忘旧情的模样，这是怎样的人？如果我俩结了婚，他会怎样对我？一个人的日子是不容易，可是两个人没有感情行吗？如果再婚仅仅是为了彼此生活上的照顾，去找个保姆就可以了，为什么非要再婚呢？"

肖影与那男人的事黄了。

“生活真是太难了，真希望有人爱我和我的女儿。如果遇到合适的，希望您能再操心。”肖影一脸认真地对我说。

我惊讶地张大了嘴巴：肖影还是肖影！

钱老爹和他的儿子

钱老爹这几天心里特别高兴，儿子小钱让二狗爹给他捎回来一个大彩电，还打电话让镇广播站给他架上了闭路。每到晚上，钱老爹便喊来几个街坊到他家看电视。这年景买个电视不算啥，老哥几个坐在一块儿也就图个热闹。钱老爹热茶热水，街坊们也都愿意到他这儿来。

说到钱老爹，村子里的人谁不赞成？刚改革开放那会儿，他贷款买下了生产队的那辆旧拖拉机。村里人都说，这钱老爹简直是疯了，花这么多钱买个拖拉机干什么？搞运输？你运什么，运给谁？你知道谁需要什么？种好你的责任田不就行了！钱老爹笑了笑，国家都允许搞个体了，愁什么，慢慢搞呗！

钱老爹还真的搞起了运输，拉石料，运水泥，每天早起晚睡，竟然搞得很红火。钱老爹说出了心里话，国家的政策搞活了，我们自己却不运转，怎么能致富？摘不掉这顶穷帽子，孩子们什么时候能吃上白馍？挣钱、挣钱，我要好好地挣钱！

钱老爹的老婆提醒他，孩子他爹，说话不要这么直白，不怕人家都笑话咱！笑话啥？钱老爹瞪起了眼睛。

人家都说你钻到了钱眼里，有你丢人现眼的呢！

日子过不好叫光荣？有了钱叫丢人？钱老爹脖子变得通红。

钱老爹依然搞他的运输，还让老婆子给他押车。钱老爹也因此成了村里的千元户，后来又成为万元户。再后来，村里搞运输的人多了，钱老爹放弃了运输。钱老爹的老婆子死了，儿子小钱在上高中，钱老爹没人押车，自己忙不过来，便在村里搞起了养殖。

村里人说，放着好好的运输不搞，搞什么养殖，钱老爹疯了呢！

钱老爹的养殖场搞得挺红火，谁都估不透他有多些钱。不过，谁家有个难，谁家有个灾，只要张口，他也总是尽心地帮忙，因此，钱老爹在村里的声望很好。

最让钱老爹骄傲的是儿子小钱考了个名牌大学。小钱是村子里第一个大学生，毕业后留在了县政府工作。在县政府里，那可是父母官。

不过，几年前钱老爹又把养殖场卖掉了，这让好多人摸不着头脚。一些后起的养殖户甚至怀疑起养殖的前景，钱老爹放弃运输后，本地的运输状况就一直不太好。直到半年后，村里人才渐渐明白，钱老爹在政府工作的儿子，在城里找了对象要买楼，听说钱老爹一把拿出了四十万。

钱老爹真有钱!

二狗爹前段时间来找过钱老爹，提来了一箱子茅台。钱老爹很生气，不就是想让咱家的小钱给二狗安排个工作？供二狗上大学已经不容易，帮忙找个工作还要花钱，你拿我钱老爹当什么人了？钱老爹把二狗爹赶出了屋门。

自从二狗爹从城里捎回来彩电，二狗爹也就成了钱老爹家看电视的常户。谁家都有个电视，大家都喜欢钱老爹家的热闹景。从街坊们的口中得知，儿子小钱又当了某局的局长。其实儿子当局长，钱老爹似乎早就有预感，儿子与他有着一样的吃苦精神，有着与他一样的对前途的执著追求，咱小钱不当局长谁当局长？儿子小钱与他一样有人情味，听二狗爹说，二狗的工作就是他安排的。

钱老爹与老街坊们一样，最爱看的有两个节目：一是河南台的梨园春，老人们都爱看老戏。再一个就是新闻，中央的、地方的，谁不关心国家大事？在本县的电视新闻里，钱老爹有时可以看到儿子呢。

每逢看到中央台，报道某某省某某人贪污腐败，钱老爹便恨得牙根疼，想要钱凭本事挣呀，贪污腐败算什么本事？我钱老爹就不穷，可是我一不偷二不抢，有谁在背后戳咱脊梁？钱是好东西，没有钱怎么安家立命？可是如果你把钱当成了你命里的东西，不丢了命才怪呢!

儿子小钱很孝顺，常常让人给他捎来东西。从二狗嘴里得知，小钱最近忙于竞争县长，怪不得儿子没有时间来看他呢！他想起了已故的老县长，那个曾经挨过无数次批斗，但却始终心系群众的好县长，老百姓谁不念道他的好？我钱家要出个县长了，是祖宗烧了高香呀！未来县长是我钱老爹的儿子，我家的小钱将是为民造福的好县长！

从此，钱老爹看电视的爱好有了一点变化，他特别关注起本县的新闻。

街坊们却渐渐来得少了，只有二狗的爹还常来。

终于等到了本县的新闻。二狗爹说，咱看河南台的梨园春吧。钱老爹摇了摇头。

年轻的播音员用她甜美的嗓音，直播着今晚第一条新闻：

……钱小钱，曾任某局局长，在任期间行贿、受贿……

钱老爹瞪大了眼睛。

二狗爹关上了电视：想开些吧，老哥，小钱这孩子呀，给二狗安排工作时我也给他送了礼呢！这么年轻，他怎么就当上局长了呢，还不是那钱惹的祸？

钱老爹顿时声泪俱下，对着电视磕了一个头，钱呀——你个小爹呀！

儿子的首付款

儿子小田来电话了，说是房价不久就要上涨，他前天看好了金山花园的一处楼房，要交十二万元的首付款，他正向朋友们筹借呢。

田老爹整整一下午没有出门，琢磨着如何给儿子凑齐这首付款。这不，天都黑了，他还没想出办法。儿子大学毕业后，留在了县城某机关，工作上可以说是很体面了。可是一条，如今儿子二十八了还没找上对象。田老爹心里很清楚，是他拖了儿子的后腿。人家一听爹娘在农村，没有养老的本儿，随即转身走人。更要命的是若在城里没楼房，想找城里的对象根本没门。

田老爹磕了磕熄灭的烟锅，又装上了一锅。按理说，他这一辈子也对得起孩子们，不要说他如何打发了三个闺女出门，仅儿子大学四年就花了四万多，靠得还不是他和老婆子省吃俭用？让儿子有出息，这是爹娘的责任！虽然儿子没说让他借钱，可是儿子没找上对象，这也是当爹的没完成任务呀。

买房就买房，人活一辈子不就是为了儿孙，这城里乡下有几家不为房子忙碌？儿子才辛苦呢，为了积攒楼房钱，竟然吃起了咸菜就白馍。田老爹叹了一口气：无论如何也要给儿子凑齐首付款，哪怕是砸锅卖铁，哪怕是借遍所有亲朋。

田老爹一口一口地吸着烟，脑海中却不住地掂量着每一个亲朋。芋头大哥那儿不行，如今农村介绍对象，讲究的也是房子，芋头大哥正准备给儿子盖房子，听说几天后芋头大哥的儿子还要定亲，仅压包袱就要一万多。芋头大哥的儿子和小田不是打小的伙伴吗？如果不是小田考上了大学在城里上班，他不也要在家里给儿子盖房子娶媳妇吗？小田他姑呢，田老爹又摇了摇头，也不行呀，虽然小田他姑不是外人，可去年她大病一场花去了不少钱，她能有什么钱？老百姓怎能有病呢！况且外甥们都已单过，这日子也够难了。

田老爹还知道一个人有钱，可是田老爹又摇头了。这人就是村主任大海，他本家的一个侄子。大海没当村主任前搞运输，结交了一些所谓的黑道朋友，仗着有几个钱，拉了一些选票，当上了村主任。自己当初没选他，也许他正怀恨在心，借他的钱，谁知道会是什么结果？

田老爹又装上了一锅烟，把亲朋的范围缩小了又缩小。最后他把借钱的事定在了三个闺女的身上。三个闺女过得还算可以，孩子们都还小，没有花钱的大用项，如果每个闺女借给一万五，不，如果每个闺女借给两万，那就是六万呀！可是，田老爹吸了一口烟后，舒展的眉头又紧缩了。那二闺女家的不是个东西，是个十足的吝啬鬼，借这么多钱，他会不会推托？不管他，明天就让老婆子去借，无论如何也要把钱借回来。这时，田老爹终于舒了一口气，田老爹自己心里有数，他的那窝猪能卖七千多元，他还有点粮食也能卖三千多元，他还有一个五千元的存折，这样将近有七八万元了。

想到存折，田老爹猛然一惊，烟吸在喉咙里，把他呛得差一点晕过去。那存折放在哪里了？田老爹放下烟锅，紧三步跑到床头柜前，打开床头柜，田老爹把柜子翻了个遍，却没找到存折。田老爹颓然地坐在了地上，没有了存折怎么办？是不是老婆子把它挪了位子？田老爹摇了摇头，钱和存折一向是他放着，一定是他放错地方了。放到哪里了呢？

田老爹摇醒了老婆子，存折呢老婆子？老婆子翻了个身，发什么神经，你不是把它放在了床头席底下了吗，老婆子翻了个身又睡下了。

田老爹掀起席头，席下空无一物。田老爹冒了冷汗，又拿着手电筒钻到了床底下。床底下仅有几张落满了灰尘的旧报纸。我儿子的楼钱呀，田老爹急得想哭，忽然间他看到床头下的墙角处有一个老鼠洞，洞口露出一个纸头。他赶紧爬过去，用手捏住纸头轻轻揪了出来，可不是，完完整整的，正是他那张五千元的存折。

田老爹捏着存折从床底下钻了出来，坐在床上掉下泪来，我儿子快能买楼了。可是，还差四万多元呢，怎么办？田老爹又陷入了思索。

田老爹再没有想出更好的办法，可是儿子的首付款，毕竟算有了点儿着落。田老爹心里挺高兴，不知不觉靠在床头上睡着了。

田老爹做了一个梦，梦见他走在大街上，微风吹起，天空中飘过来一片树叶，缓缓地落在了田老爹的手上。倏然间，树叶变成了一张大大的存折。

1948年的那场雪

1948年，焦庄下了一场奇大的雪。仅仅一个夜晚，大雪就把焦庄包了个严实。唯一的伸向村外的那条小路，已经看不见痕迹。村北的焦河冻成了一个儿，车马竟然可以在上面任意行走。

宗大发在火炉旁喝着小酒，亮开嗓门唱起了焦河小调。他已经准备买下王有才的那块地。王有才的儿子被土匪李老八绑票，一时拿不出更多的现大洋。王有才有钱，却被压在地里和一些生意上。王有才找了他两次，要把最好的五十亩河边地卖给他。这年月，土地就是庄户人的命根子。没有土地，就等于是个穷光蛋。爹给他留下了和王有才家一样多的土地，这些土地不仅让他酒足饭饱，还让他有了足够的地位和尊严。在焦庄，只有他才买得起王有才的地。他怎么可能不买呢？

宗大发买下那块地不久，他的儿子也被李老八绑票了。已喘了一口气的王有才，又用最低廉的价格买回了那块河边地和他宗大发的另外几块地。宗大发感到一种从未有过的窒息。

儿子被赎回后，天空又飘起了雪花。纷纷扬扬的雪花似乎要把整个焦庄埋葬，要把他宗大发冰封在雪的世界里。他开始了新的谋划。他打算卖掉所有的土地，把所有的钱换成粮食，到县城里做面粉生意。人求财求生的方式有很多，拥有土地是一种，通过做生意赚取金钱是另一种。这年月，兵荒马乱的，他实在怕得很。如果再不搬进县城，他即使躲开了李老八，却不一定躲得开张老八、王老八。县城毕竟是大地方，土匪们绝不敢胡来。

宗大发开始卖地了。王有才用所有的大洋和粮食，买去了他更多的土地……

雪停了。宗大发和他的车队离开了焦庄。

一颗子弹贴着他的耳朵飞过，子弹挟带的热气让他一阵眩晕。紧接着，路旁的丛林里钻出一群国民党士兵。他被一个当官的叫去问话。他的几十车粮食要全部当作军粮，他的所有大洋要当作军饷，他的车夫和伙计被抓了壮丁。他后悔了，如此乱世，官和匪有什么区别，哪里有他发财的地方？如果不是因为财迷心窍，他的粮食就不会被劫，大洋依然是他的大洋，土地依然是他的土地，任何人都无法拿走。可是，现在他一无所有了。那当官的很看重他，让他带一队兵，全是抓来的壮丁，并许诺打完仗再给他升官。他接受了这个委任。他们随着大队走了许久，走过了许多道山，趟过了许多道河。他想，当兵吃粮虽然是无奈中的无奈，但只要能活命，他也认了。何况，在整个队伍中他是最有文化的，保不准将来能飞黄腾达。

傍晚，队伍停在了一个山谷里。半空中升起一颗信号弹，他们被包围了。宗大发放下了武器。他告诉解放军，那些武器他们根本不会用，他们是被抓来的庄户人，那些粮食和大洋都是他做生意用的。一位解放军团长接见了他，告诉他，如果想回家可以放行。他说，他愿意参加解放军，把粮食和大洋充做军饷。他想，这个世道，就算他能拿回钱粮，又该能怎样？发财的事暂且不要再想了，只要能活命，就做一次解放军，说不定最终能弄个一官半职。

一夜急行军。部队在一个山冈上设下了埋伏。宗大发参加了他平生来的第一次战斗。他伏在雪地里，整个人成了冰棍儿。战斗打响了。他站起身刚要扣动扳机，一颗子弹击穿了他的大腿。他倒下了。他被抬到了后方的医院里，醒来后发现右腿没有了。

年底，宗大发出院了。他接到了上级组织的新任务：去焦庄参加土改工作。当他捧起被雪水浸透的泥土，纷乱的雪花又在他脑海里飘起。大雪把他的发财梦打碎了，把他变成了和乡邻们一样的穷人。他发现，吃饱饭是那样地让人快乐，分到了土地也同样是那样让人快乐。他和王有才一样，曾经拥有过很多土地。他也曾和王有才一样，让乡邻们过着饥寒交迫的日子。然而，王有才远远没有他幸运。这场大雪让他宗大发失去了土地，却让他获得了新生。他应该感谢谁？是这场冰封了焦庄的大雪，还是曾经的血与火的斗争？他给焦庄的土改工作队写了一封信：焦庄的地主分子，王有才是一个，他宗大发也是一个。虽然他此时已是党的一名干部，可是在此之前，他只想着自己，并没有把焦庄的乡亲放进心坎里。

宗大发忽然记起，今年打春早，焦河上的冰雪不久就该融化了。

第三辑

一步之遥

做个上海人

接到复旦大学的通知书时，老爹钱有粮哭了。乐乐心里也酸酸的：此次去上海一定要找到那个女人，问问她为什么离开他和爹，为什么让他爷俩苦了这么多年！也让那女人看看，如今乐乐出息了，可以独自闯上海了。他乐乐今后也要做上海人，还要把老爹接来做上海人。

那女人叫朱雅莉，是个上海知青。乐乐上小学二年级的时候，曾隐约地听爹向一个邻居讲过。当爹和邻居看到他，便立刻住了口。爹虽然没有明确说那女人是他娘，可他早已猜透了七八分。

有一次，他问爹："别的小伙伴都有娘，我娘呢？"

爹说："你娘死了，只剩下咱爷俩。"

他偷偷问过一个邻居，那邻居也这么说。他因此更觉得那上海女人是他娘。跟爹去上坟时，爹给他介绍哪个是爷爷的坟，哪个是奶奶的坟，却没有说哪个坟是娘的。这说明娘并没有死，而是生活在另一个地方。爹和那邻居都撒了谎。他没有说出爹的破绽。

其实，乐乐从不奢望爹告诉他什么，那女人一直活在他的想象里。在梦里，他看见了那女人。女人站在蒙蒙细雨中，样子总是很模糊。大概是某年某月某日，牟山村来了一群插队的知青，其中的一个女孩叫朱雅莉。知青们的生活很清苦，常常怨天怨地。生产队长钱有粮似乎真的有粮，总是扛来萝卜或白菜，改善他们的伙食。那女人看上了身板结实、心眼实诚的钱有粮，不久便做了他的新娘，钱有粮也因此成了乐乐的爹。又是在某年某月某日，终于有了回上海的机会，那女人立刻抛弃了他和爹，回到了本属于她的地方。

他恨上了那女人，他绝对有理由恨那女人。爹拉扯他不容易。爹每天种地、打柴，给他洗衣服、做饭，有时还需要邻居们帮着缝缝补补。爹每天省吃简用，一点点地为他积攒上大学的钱。可是那个女人呢？住在大上海享清福，哪里还记得爹和灰不溜秋的他？

随着年龄的增长，他读的书多了，对下乡知青的了解也多了。他们本来不属于乡村，是时代让他们来到了这角角落落。时代变了，他们当然又回到属于自己的地方去。可是他乐乐属于谁呢？属于老爹钱有粮，还是属于那个大上海的女人？爹常对他说，将来一定要做个上海人。这句话寄托了爹多少痛苦和无奈？

入学后不久，他就开始了寻找那个女人。他想找到那个女人，却不想让那女人知道他在找她。当他着手寻找时，才感觉困难重重。他去过派出所，说是寻找失散多年的亲戚。户籍民警很热心，为他做了细致的查找。在上海，叫朱雅莉并曾做过知青的女人竟有二百多人。他不知道他要找的女人究竟是哪一个。

大概是爹伤透了心，所以从没有给他介绍过女人更多的情况。他很沮丧：这样一个女人，为什么要找她？如果她惦记过这样一个儿子，为什么从来没有给伞山写过一封信？

渐渐地，他放弃了做上海人的想法。若在上海立脚，就必须在上海有房子，若在上海有房子，就必须有很多钱。老爹钱有粮其实既没有多少钱也没有多少粮。为了在上海有一所房子，也许他要拼搏大半辈子。

他打电话告诉爹："我不想做上海人了，我想毕业后回伞山。"

爹生气了："没出息的娃，一定要做上海人！"

深秋，爹钱有粮去世了，没有留下只言片语。爹临死都没见上那女人一面。他哭得死去活来，邻居们也陪着掉泪。

他埋葬了爹，又一次回到上海。爹不在了，他失去了最起码的经济来源。他决定在业余时间打工来养活自己，并完成自己的学业。如果有可能，他还是要找那女人。找到那女人后，痛骂她一顿，让她痛哭流涕。

他来到了某公司，递上了自己的简历。不一会儿，工作人员叫他："你被录用了，老板有请！"

他心情为之一振，想不到首次应聘就如此顺利。他来到老板的办公室，对面坐的是一个中年女人。

"你叫钱乐乐，伞山村的？认识钱有粮吗？做过生产队长的那个。"

乐乐愣了：在他的简历里，他写到老家是牟山，却并没有写过爹，也没有写过爹做过生产队长。这女人怎么知道？

“我叫朱雅莉，在牟山插过队，是你爹的朋友。你的名字还是我起的呢，意思是希望你一生快快乐乐。有粮哥好吗？”

乐乐几乎已忍不住泪水：“爹已不在了！”

“可怜的孩子！唐山地震时，你的父母不幸遇难，好心的有粮哥收养了你。没想到你这么出息了。今后我供你上大学，把我当作你娘吧。”

乐乐流了满脸的泪：“娘呀！”

一步之遥

这次被派到省城学习，他和马丽雅在同一个班里。他听说，马丽雅与丈夫之间经常发生口角，关系搞得很僵。这么多年过去了，也许马丽雅早已身心疲惫，念起他曾经的好来。找个情人，是时下很流行的东西。虽然培训时间仅一个月，可是对他与马丽雅来说，绝对是个不错的机会。

傍晚，天空中飘起雪花。他来到了图书馆。马丽雅也来了，她借了一本书，先是对他嫣然一笑，然后坐在了他的一侧。

这笑容他是熟悉的。当初，大家都十分看好他俩，说他俩简直就是天生的一对。马丽雅的确妩媚动人，他便想着法儿约她去看电影，去小饭馆吃饭。马丽雅每次也总能如约。没多久，他们便相爱了。

一个无月的夜晚，他遇到了马丽雅和另一个男同事。他们正在橘黄的路灯下说话。他心里顿时一惊。后来，他又听人说起马丽雅和那个同事。那流言让他难过了很久，是个男人就受不了这个。他问起这件事，马丽雅给他瞪起了眼睛。他感到很窝心，一气之下，便找了新的女友，并很快结了婚。马丽雅似乎更生气，不久便做了那男同事的新娘，然后又一块儿调到了别处。

婚后，他发现妻子其实也很俗。他对马丽雅更是恨意难消。这个女人，竟然如此自私，骨子里透着万分鄙俗。想到她所嫁的男人实在平庸不过，他心里便涌出一份快感。马丽雅算什么呢？对他俩曾经的一步之遥，他总想象成一大步，两大步，甚至是更遥远的距离。

一个偶然的饭局，他从一个酒友口里知道，他和马丽雅其实都是陷入了一个阴谋中。这个阴谋的制造者就是那个同事——马丽雅的丈夫。如果不是那场阴谋，他和马丽雅早就跨过了那一步之遥，他就不至于每天睡在这个黄脸婆身旁。

想到这些，他恨得牙根发痒。在这个陌生的城市里，谁会相信他与马丽雅曾经仅一步之遥？

他用眼角的余光瞅了瞅马丽雅，无意中，瞅见了她低矮的领口，以及领口下白皙的微微隆起的部位。他的心怦然一动。如今，马丽雅就坐在身旁，与他仅一步之遥，或者说是仅一小步。马丽雅是不是也像他一样的寂寞？他有些疑惑，如果他提出这种要求，马丽雅会不顾一切与他重归旧好吗？他感觉还是应该主动提出。反正家里的那位黄脸婆，他是受够了的。马丽雅也应该能想到的，在这个陌生的环境里，没有谁认识他们，即使他俩做了什么，家里人也并不会知道，回去后他俩依然可以神情自若。

马丽雅终于靠近了他，趴到他的耳边说："我们去开个房间吧，到外面的旅馆。"他没有说话，却主动地挽住她的腰，一块儿走出了图书馆。他在旅馆要了最好的房间。他想好了，回家后就告诉妻子，培训时遇到了几个老同学，他是在酒店花钱请了客，所以开销大了些。他看见马丽雅把衣服一件件脱下，直至最后的一件。他的血立刻沸腾起来……

他实在搞不懂自己，怎么会出现这样的幻觉。图书馆里静悄悄的，所有的人都沉醉在书的世界里。马丽雅也正坐在他的身旁，仅一步之遥。

女人的敏感也许是天生的。屋子里围满了左邻右舍，有的陪着妻子流泪，有的帮妻子数落他的不是，也有的冷眼相看，眼角里露出鄙夷的神色。妻子哭诉着："我可以不要任何东西，只带着女儿，让你永远见不到女儿……"

这段时间，他总是出现幻觉。他只能苦笑了，他绝对舍不得女儿。

天渐渐晚了，玻璃窗上沾满了雪花。图书馆里已经有人开始离去。

马丽雅正在接电话："老公，真想再与你吵一架！儿子呢？让儿子接电话，——儿子，妈妈好想你，再过几天培训就结束了，妈妈给你买好吃的。"

马丽雅站起身，又朝他嫣然一笑，然后走出了图书馆。

他鼻子一酸：本来就一步之遥的。

安全这差事

到了腊月底，大家都忙着回乡，我却被老板留下看护工地。一块儿留下的还有老李。老李兴奋地拍着我的肩头："兄弟，一天二百元的补助，多好的差事！"我漠然地看着窗外飞扬的雪花，没有说话。到年了，谁不想回家，我也是被二百元的补助迷了心窍吧！

当值的第一天，天空又刮起了北风，风中夹杂着雪花。我早早起了床，围着工地转了一圈，然后回到屋里，点起了火炉。此时，我的手机响了，是老李打来的。老李告诉我，他家里有点事不能过来，看护工地就麻烦我一个人了。我放下了手机，心中却暗暗佩服老李的精明。我是外地人，自然每天无处可去。老李家在本地，却方便了他做别的事。

我在屋内暖和了一会儿，立刻又去了工地。我从屋子里走到工地上，又从工地上回到屋子里，如此走了无数次。总是在确信没有问题后，才又回到屋里。

到了夜里，我的担心却多了起来。窗外，黑漆漆的，仿佛每一处都有不法分子对我窥视着，不安全的感觉立刻涌满了心头。我便不敢出门，一个人猫在屋里。炉火烧得很旺，暖暖的空气勾起了我的困意。一只猫头鹰飞过树梢，叫声凄厉，让人毛骨悚然。我顿时又睡意全无了。

第二天，老李又打来了电话，他说今天还有点事要办，拜托我再单独看护一天。在电话里，我给他说了昨天的情况。他呵呵大笑：

"天这么冷，人们都在家过年，谁来偷盗？咱工地不远处就是派出所，出了安全问题，他们没有责任吗？若真的来了不法分子，就凭咱两个，又能怎样呢？工地看护员，其实就如同咱家门上的那把锁，能挡得住君子，怎挡得住恶人？咱只管把安全当成一份差事就是了！"

我想了想，感觉老李说得很有道理。

回到屋内，我往火炉内加足了煤。窗外，雪花依然随风飞舞着，建材、机器全覆盖在了白雪下。我打开电视，电视上正在直播新闻。屋内渐渐暖和起来，我又有了困意，不一会儿便睡着了。

半夜醒来时，我给自己泡了一杯浓茶。然后，我打开屋门，想去工地上转一转。想到老李的话，便又退回了屋里。

一夜无事。我悬着的心放了下来，对老李的敬佩之情却油然而生。

第三天傍晚，老李冒着大雪赶了过来，自行车上还带来鱼、肉和酒，都是现成的。

我们对酒肉做了简单的加工后，便对饮起来。老李不断地给我夹菜，我不断地给老李敬酒。我高兴呀，虽然不能回家过年，可是每天二百元钱挣得轻松！于是，你一杯，我一杯，两瓶酒很快见了底。我起身往火炉内加煤，屋内被烘得暖洋洋的。我们二人醉倒在沙发上。

半夜里，老李叫醒了我："我的包不见了，里面有我的手机和一张五千元的存折。是我忽略了自身安全，忘了把包从自行车上拿进屋来。"

窗外的自行车上挂满了雪，果然不见了老李的包。我也慌了神，立即拿了手电与他一块儿去找。其实我俩都明白，既然包已丢失，再找也只是做无用功罢了。果然，找遍了工地的所有角落，我们一无所获。

我安慰老李："安全不是一两个人的事。咱两个普通人，能有什么办法呢？明天去报案吧。"

老李用怪怪的眼神看着我，一句话都没有说，然后颓然地瘫倒在沙发上。

第四天清晨，我被手机铃声惊醒了。我的手机上却显示着老李的号码，我赶紧把手机递给老李。手机里传来老李老婆的骂声：

"你这糊涂蛋，怎么把包忘在了家里了？你咋去鲁南商厦买冰箱和洗衣机？"

老李高兴地把手机递给我："兄弟，安全这差事——今天还要麻烦你！"

榜 样

黑子住在牟山的村口，院子还是老样子。走进他家时，黑嫂已在院中的石桌上摆好了酒菜。石桌旁有一颗小枣树，树上开满了嫩黄的花穗。一个书包挂在树杈山，小枣树似乎不堪重负，弯下了腰。

黑子的女儿秀秀坐在石桌旁做作业，儿子虎子也坐在石凳旁端着书，却似乎心不在焉。

“叔叔。”秀秀很懂事，见我来了便要拾掇她的书本。

“做吧，孩子。”我笑着摆了摆手，“这孩子挺用功呵!”

我们坐在石凳旁。黑嫂给我们的杯子斟满了酒。

黑子的酒量很好，喝了许多，他的话多了起来。他谈到老学校里那棵开满花穗的老枣树，也谈到小时候他的调皮，特别是那次上树掏鸟窝。他无限感慨，嘴里不住地念叨着三叔的好。

两杯酒后，我也已面红耳赤：

“还记得那次检查作业吗？黑哥你是没做完呀，却说自己做了十多课，还不是被三叔用教鞭磕了头皮。”

“那是，那是，你确实是我的好榜样哩，你小老弟现在成了作家，哪里像我，小学都没上完呢!”

“哪里，哪里。”我有些不好意思，儿时的记忆在却我的脑海中瞬间苏醒。

那是二十年前的一个早上，我们的老师（我本家的一个三叔）正在讲《飞夺泸定桥》，忽然发现教室里不见了黑子，他顿时怒气冲天。他嘱咐我们做练习册，然后匆忙地走出教室。我们纷纷从窗口伸出头，向外张望着。

黑子刚掏了鸟蛋从枣树上下来，不巧三叔也找到了操场。

黑子赶紧解下裤腰带，蹲在了跑道边的草丛上。

“你在干什么？起来！”三叔吼道。

黑子慢慢地站起来，提起了裤子。

“你看人家小老弟，学习多认真，还不是你的榜样！”那时，班里我的年龄最小，“小老弟”是同学们对我的戏称。久而久之，三叔也不再叫我的学名。

三叔瞪大眼睛，看着草丛中干透的狗屎，气得脸都变了色。他举起了教鞭，照着黑子沾满枣花的脑袋上狠狠地磕了几下。黑子的眼泪和鸟蛋同时掉在了地上……

听着我们的故事，虎子和秀秀相互做着鬼脸，黑嫂却也笑得流出了眼泪。

酒已经喝到兴奋处。黑子抬起头：

“笑什么，小兔崽子，特别是你虎小子，到现在还不好好学习呢！”

“从早到晚被老师拴在教室内，”虎子瞥了他爸一眼，“一天下来头昏脑涨，有什么意思？”

“混账，像我这样有意思？把你们拴在教室里学习，老师还不是对你们好！”

“老师怎么会在乎我们？他们在乎的不过是所教学科的及格率、优秀率和在年级中的名次！我们的成绩也许会砸了老师们的饭碗呢！”

我很愕然，却插不上嘴，教育上的事，我并不很懂。我也上过学的，哪里会是这个样子？这孩子怎么会这样讲？

“没有优良的成绩，你能升上重点高中吗？没有良好的成绩，你能考上名牌大学吗？怎么不学你老叔！”黑子勃然大怒，坐在石凳旁直喘粗气。

可是——我最终没有说出话。其实，我那时并没有这么多作业，我也并不是不玩，只是出于对学习的喜爱，用的工夫多了一点，却也不似现在学校的样子。

秀秀吐了吐舌头：

“爸爸总是念叨你，说你学问好，是我们村里的大才子，是村子里孩子们的榜样，我们学校的老师也这样说。将来我也要像你一样呢！”

“我竟然成了别人的榜样，我又哪里是。”我小声嘟囔着。

“老叔，你在说什么呀？”秀秀昂起头，瞪着一双乌黑的眼珠，“上大学是不是特别棒？”

“我呀，在说这棵小枣树，它太瘦小了——”我拿下挂在小枣树上的书包，轻轻地放在了石凳上，“当然棒，上大学能学好多东西呢。秀秀，你喜欢这枣花吗？可香着呢！”

秀秀抬起头望着我，天真地点了点头。

我仰头看着西方天空的那片暗红，心中沉甸甸的。小枣树却欢快舒展着它的枝条，荡漾着阵阵枣花的清香。

第一百个理由

昨夜，我已经向妻子说明：我不想去县城买房，如果你想买，就说出买房的一百个理由。妻子却不依不饶，非要我讲出不买的一百个理由。于是，我就对妻子讲开了，直至讲得头脑发晕，两嘴白沫。可是，我讲来讲去，却似乎怎么也没凑足一百个理由。妻子在打哈哈，我也打哈哈。挨到天明时，我才慢慢睡去。

早晨上班时，我的脑袋还晕乎着。忽然，一条信息来了，是一个叫柳暗花明的请求加为好友。呵呵，真有意思，我的网名叫山重水复，竟然有人叫柳暗花明！我查阅了那人的资料，是本地人。我立即点击确认，然后，又继续思考我不买房的一百个理由。

柳暗花明写了新日志，题目为《不买房的一百个理由》。真新鲜哪！有人竟然和我一样在思考不买房的理由。我来了兴趣，开始浏览着那篇日志，日志中的理由竟然和我想的差不多，甚至比我想的更细致、更条理。不知不觉中，我开始同情起柳暗花明来了。她和我一样没有多少钱，是靠微薄的工资养活一家老小。

柳暗花明说："一个小老百姓，一年下来，存不下几个小钱，凭什么要去城里买房？虽然有人说，买房等于变相存款，是在为那点血汗钱保值升值。可是，一分钱难倒英雄汉，偌大的资金究竟从何而出？多数人买房时并不曾想过卖房，这与房子升值、是否变相存款有什么关系？有人说，房价正逐日上涨，现在不买也许以后更买不起了。哼哼，房子涨价让它涨去，老娘就是不买，开发商又奈我何？还有人说，村有村霸，街有街霸，如今新开发的小区内竟然有料霸。你要装修房子，不给料霸好处费，你休想上料装修。哼哼，什么料霸，我不买房，料霸又奈我何？……"

柳暗花明说得真好。我仔细数了一遍，仅九十九个理由。我给她留言：

“你的第一百个理由呢？”

此时，我却又发现柳暗花明在忙着偷菜。

慨叹之余，柳暗花明的日志又更新了，她竟然贴出了《买房的一百个理由》。

“买房者并不是人人有钱，自然需要借贷。不管物价如何上涨，纸币如何贬值，房子保值效果仅次于黄金，让人舒服得不行。城里的教育条件是没说的，如今有能力改善孩子的教育环境了，为什么不在城里买房呢？村霸也好，街霸也好，料霸也好，能奈我何？买房毕竟我们是最大的受惠者……”

我很愕然，柳暗花明怎么了？她的买房理由似乎也有道理。可是，我仔细数了一遍，依然仅九十九条。于是，我又给他留言：

“你的第一百个理由呢？”

对方没有回音，又忙着去别人的园子里偷菜了。

我又开始晕乎了。我一直不赞成去县城买房，虽然并没有找够一百个理由，但是我的理由毕竟还是很充分的。柳暗花明的买房理由也没有一百个，却同样理由充分，让我心动。

我又给她留言：“怎么不见你的第一百个理由？”

这次，她很快回复了：“还没找到呗！”

我下线了，心情却极度地糟糕。买房的事，妻子肯定还是要向我唠叨。看了柳暗花明的帖子，我又感觉此前关于不买房的想法可能并不全有道理。

回到家里，妻子已做好了饭。妻子却一反往常，只是默默地陪我吃饭。

我以为她生我的气，便说：“既然想买房就买吧，明天我去亲戚家借钱。”

妻子摇摇头：“我还没有想好。还是你说得对，买房毕竟是件大事，应该有充分的理由。”

“有个叫柳暗花明的网友在空间里贴了个帖子，理由很充分的。”

“我新注册了一个 QQ 号，柳暗花明是我的网名。”

“你还在找买房的第一百个理由？”我轻声问。

“买房不是偷菜，是要慎重的。”妻子一脸凝重。

儿子的童话书

老板通知加班，要赶制两车帐篷送往汶川的地震灾区。本来，亮子想凑这个时间去给儿子买书，儿子要那种带彩页的童话故事书。下班后，他来到财务科，公司号召每个员工都要捐款。受灾群众的确很多，他在电视里看到了。他的心很痛，他瞅了瞅同事，毫不犹豫地从衣兜里掏出了一百元。

亮子忽然想起要给家里打个电话。说好了明天坐火车回老家，给儿子把童话书带回去，他却今天没来得及去买书。他知道儿子很懂事，不会因为没买童话书而哭闹，可是他懂得承诺对于儿子成长的重要。

他手指僵硬地拨着自家的电话号，心里却想着儿子接到电话后惊喜的样子。电话里却传来一个女人冰冷的话语："你拨的电话暂时无人接听"。这个时间应该是儿子在做作业，为什么没人接电话？妻子不在家，老母亲也不在家吗？老母亲去年得了脑血栓，至今行动不便。是不是家里发生了什么事？想到这里，他的心一下子悬到了嗓子里。他又一次拨着自家的电话号，电话里依然传来那句冰冷的话语。

他不安地在宿舍里看了一会儿电视，每个电视台都在报道汶川地震的惨况：被埋在废墟里血淋淋的双手，缠满绷带打着点滴的老人，被救出的孩子睁着惊恐的眼睛！他不忍再看这些，把电视关了。他与同事们一样捐了一百元钱，其实这一百元钱能做什么呢？如果自己经济上不那么紧张，或许他能再多捐一些。

亮子坐在床上，琢磨着家里没人接电话的事儿。会不会是老母亲的病情恶化了？也许是儿子做完了作业，正与妈妈、奶奶一块儿坐在大门外呢！他想着想着，不知怎么趴在床上睡着了。在梦中，他梦到了在山路上散步的老母亲，儿子用那双稚嫩的小手牵着奶奶的衣襟，妻子则紧跟在老母亲的身后。

忽然间，天昏地暗，刮起了狂风。山在动，路在动，房屋在动；山路上一个裂开的缝隙吞噬了老母亲的病体，妻子倒在了一棵柳树下。儿子呢？儿子在哪里，儿子在哪里？“我的家乡也发生地震了！”他找不到他的母亲他的妻子他的儿子，他大声呼喊着，“谁来救救我的亲人！”泪水流满了他的脸庞！

亮子醒来的时候天已经大亮，此时他才知道自己做了一夜的梦。而梦的确是吓坏了自己！他赶紧起床，他要打电话问母亲，她的身体现在是否很好？他要打电话告诉儿子，他这就去买童话书！他打电话要告诉妻子，老板把他五千元的工钱全结了！

他来到电话亭，拨通了自家的电话。电话那头传来了儿子甜甜的声音。儿子说：“我昨天在学校捐款了，我给汶川的小朋友捐了二百元；我昨晚还跟着妈妈、奶奶去村委会了，奶奶说谁家都保不准有个灾难，都不帮衬怎么得了？我妈妈捐款不能代表她！爸爸，你们的工钱结了嘛？你是不是捐了更多的款？妈妈说家里今年的蚕卖了个好价钱，不缺你那两个钱呢！奶奶不想让你再打工了，想让你在家里帮妈妈养蚕！还有，你不要给我买童话书了，我已经是大孩子了，不想再看童话书了，把那钱捐给汶川的小朋友们吧，他们好可怜呢！”

他挂掉家里的电话后，脸上泪盈盈的。儿子说的话并非全是实话，才上二年级的儿子怎么会不想看童话书了呢？他知道儿子的心思，心里默默地念叨着：儿子，下次一定给你买童话书！他想马上回家，离家太久了，好想生他养他的那个小山村。不过，走前他还要办一件事情，他要去市中心的人民广场，那儿设有流动捐款箱，他要把自己五千元的工钱全部捐给汶川！

二丑

"'累死一日阿吉普'，这是一句英语，意思是这是一辆吉普车。我就讲讲这句英语和三个小伙伴的故事，这可是咱老家村子里人的故事，你可听认真了！"

已经长成大孩子的女儿听故事的兴趣发生了变化，这是我最近才发现的。什么《白雪公主》《灰姑娘》，她统统不愿意听，非让我与她妈妈讲我们小时候的故事，讲了一个又一个，她却乐听不疲。我却倦了，似乎再想不起故事来。女儿缠住我不放，我拗不过她，就开始给她讲这句英语和三个小伙伴的故事。

"丫丫哭了，她大声对二丑嚷道，以后再也不理你了……

那年，丫丫考上了乡里的重点中学，二丑和狗子却去了牟山联中。二丑和狗子每天翻山越岭，要走几个来回。哪个岭上的果子红了，哪块地里的花生熟得最早，他们最清楚不过。二丑有时竟然庆幸他的成绩不如丫丫好，没有考上乡里的重点中学。刻苦的丫丫，可怜的丫丫，她怎能体会到我们如今的乐趣？还不知如今在乡中学受什么罪呢！

丫丫在乡中学要过一星期，星期六回来，星期天再背着地瓜煎饼回校。狗子说，丫丫明天就要回来了，我们是不是要去看看她？二丑瞥了他一眼：不去，可怜的丫丫！

丫丫终于回来了，狗子去看了她。让二丑遗憾的是，听说丫丫并没有露出可怜的样子，她告诉狗子，有时间她可以教给他俩说英语。乡里的中学开设了英语课，这是我们牟山联中所没有的。狗子说着他从丫丫哪里学来的英语——累死一日阿吉普，狗子还解释说，意思是这是一辆吉普车。二丑点点头，虽然还是没有明白，但他有点羡慕狗子的幸运，狗子竟然跟丫丫学会了一句英语。他忽然敬佩起丫丫学问的愈加高深，她学的外国话竟可以教人了！那一夜，二丑终于失眠了，他不停地嘟囔着那句英语，累死一日阿——

二丑最终没有学会那句英语，他不明白那句英语为啥会是那个意思。二丑也终于没有向丫丫学成英语，牟山联中没有开设英语，他们和丫丫见面的时间毕竟不是太长。那句本来就很模糊的英语也就愈加模糊，二丑终于不再记得那一句。”

“爸爸，我也没有明白，丫丫为什么哭了，二丑和狗子最终没有学过英语吗?”女儿急着知道答案。我摸着她的小脑袋又讲了下去：

“在二丑和狗子的初二下学期，牟山联中开设了英语课，英语老师竟然是狗子那个当民师的表叔。据说表叔上高中时学过英语。二丑兴奋地竟然想哭，他终于有机会与丫丫一比高下了。表叔告诉他们，学校里没有英语课本，需要大家自己想办法。二丑和狗子犯愁了，怎么办？村子里只有丫丫在乡里的中学上学，只有她才有初一英语课本。

每天上学的路上，二丑更加留意山上的枣树，特别是那种红透了的圆铃枣，那可是丫丫最爱吃的。他把那最大最圆的摘下来，准备送给可爱的丫丫！

表叔终于给他们上了第一堂英语课，二丑学得很卖力。从丫丫那里借来的一本书，二人毕竟用得不方便，二丑提出把它分成两块，轮换着抄写课本的内容。表叔的英语讲得很易懂，二丑按照他教的方法做着笔记：Good morning——狗逮猫娘、What’s your name——我吃药雷姆。有一天，二丑也终于学到了那句 This is a jeep——累死一日阿吉普。

二丑和狗子依然每天翻山越岭。二丑不再注意岭上的果子、路边的花生，口里却默默地背着英语单词。二丑入了迷，在梦里小声地嘟囔着：累死一日阿吉普。

丫丫第一次向二丑发了脾气。看着被分成两半的英语课本，丫丫直掉眼泪。二丑急忙地向她解释，你看我们两个人呀，——读书破万卷不是？我给你读读我学的英语：累死一日阿吉普——这是一辆吉普车。

丫丫笑了，眼泪和鼻涕一块流了下来。

二丑打开他的手抄课本，指着自己标注的汉语，又一次读到：累死一日阿吉普。

丫丫笑岔了气，弯下腰然后拭去了腮边的泪花：什么破英语，表叔就是这样教的你们呀！我们老师说，不能用汉语标音，这样发音不准呢！丫丫给他摆起了口型，纠正着他的发音，二丑一遍遍地学着，渐渐地舌头都僵硬了。

此后，二丑依然在伞山随表叔学英语。每天听着表叔的讲解，二丑却觉得表叔的发音更好听、更顺耳，他最终忘却了丫丫的发音方法。他们的见面也越来越少，因为他们后来都上了初三，学习任务更加繁重。二丑对英语的痴迷有过之而无不及，依旧用老办法标注着英语，英语成绩也明显地提高了。”

“爸爸，后来怎么样了，二丑超过那个丫丫了吗？”

“当然——后来二丑和丫丫一块考上了县里的重点高中。”我笑着回答女儿。

“我知道，狗子就是奶奶家东院的狗子叔，那个丫丫我该叫她阿姨吧，她是谁呀？”女儿天真地问。

“那不是？”我朝着正在备课的妻子努了努嘴。

“二丑呢？二丑是谁？”女儿还是不停地追问。

“那就不说了吧，我教给你学英语——累死一日阿吉普。”我给女儿摆着口型。

“去去，给孩子讲什么呢，就你那发音，还不把孩子教坏了！”妻子放下备课本，把女儿叫了进去。

我笑了笑，又小声嘟囔了一句：累死一日阿吉普——这是一辆吉普车。

二丫的幸福日子

二丫是牟山最漂亮的女孩。三娃长得矮瘦，却是牟山村最好的泥瓦匠。

在春草绿遍了牟山的时候，二丫做了三娃的新娘。

二丫每天皱着眉头，心里依旧牵挂着已经缥缈的幸福日子。三娃每天笑嘻嘻地去干活，把挣回来的钱放在二丫的枕头下。二丫渐渐有了笑容，有时煮了花生米，又温了酒，让干活回来的三娃喝上两盅。

年底，二丫生了个大胖小子。

王婶常来她家串门，闲谈时总是夸奖自家的男人。王叔是村里第一个出去打工并挣了大钱的人，家里盖了新房，还添置了一个彩色电视机。二丫又想起那已经缥缈的幸福日子，于是也想让三娃去打工。

三娃说："放着好好的泥瓦活不做，打什么工？山坡上的果园谁拾掇，庄稼谁种？"说完，三娃又没了言语，依然每天给别人家盖房子。

二丫皱起了眉头，奶着儿子直掉泪：咱啥时过上幸福日子?!

儿子三岁这年，二丫终于随王婶去了很远的地方打工。

年末，二丫挣回了五千多块钱。第一次走出大山的二丫，兴奋地合不拢嘴。鲜艳的时装穿在她身上，像是城里人。甚至有人说，俊俏的二丫与三娃真不像两口子。她给儿子讲外面的高楼大厦、火车轮船，讲得儿子直流口水，问她为什么没给他买一个。她给三娃讲，在外面挣钱也不容易，大锅里的饭菜没滋没味，几十个人住在一个工棚里，男人小解时竟不避女人。

三娃喝了一口酒，嘿嘿地笑着，然后抱紧了二丫，拉灭了电灯。

二丫又一次打工回来，正赶上秋收。王婶刚满二十岁的女儿被深圳的老板包了二奶，怀了孕。王叔抡圆了巴掌，狠狠地打在了王婶的屁股上。王婶哭肿了眼睛。

一开春，二丫又做三娃的工作：“你咋不愿意去打工呢？在我出去的日子里，你把咱的娃照看得泥猴似的。咱啥时过上幸福的日子？”三娃无奈，便去求王叔，去他在县城的建筑队。二丫脸上有了笑容，仿佛幸福的日子就在眼前了。

从此，二丫每天送儿子去上学，回来后又喂鸡喂鸭，侍弄庄稼、果树。村里人又约二丫去打工，她只是摇头，然后皱紧了眉头。

一天夜里，二丫陪着儿子写完作业，关好了鸡窝、鸭圈，便回屋睡下了。这时，传来了敲门声。三娃回来了。二丫问吃了没有，三娃说不饿。二丫给他打来了洗脚水，端到了床前。二丫又问：“才走了一个月，咋回来了？”三娃抱紧了她：“想你了呗，从县城到咱这地，用不了多少工夫！”

三娃走时，二丫的眼角湿了：“有了钱咱也搞个开发，办个公司。咱为啥总给别人打工，就不能让别人给咱打工？咱娃以后上学要用很多钱，我可不想让他做咱一样的打工仔！”

几天后，三娃又在夜里回了家。三娃半躺在床上，兴致勃勃地讲着外面的见闻：“如今王叔成了大老板，很器重咱的手艺，咱挣得也最多。王叔挣的钱海了，没事常去花酒店，有一次，被警察抓了个正着。那地方咱不去，咱家里有个俊女人，城里的女人也没得比呢！”

二丫把头扭向了里面。三娃向前靠了靠，二丫把他推向了一边……

天明之后，二丫早早地做了饭，催促三娃吃了去县城：“记住了，咱的日子离不开钱，但俺不喜欢王叔那种有钱的日子。”

父亲的纸烟

父亲把我买去的香烟又捎了回来，并让我女儿给我带话，以后不要再往家捎烟了。我猜不透父亲是为了什么，莫非父亲不喜欢这种烟？

父亲喜欢吸烟，以往主要是吸那种劣质的旱烟叶。窄长的白纸铺满烟叶，裹在父亲宽大的右手间，然后用左手捏住一头轻轻一拧，便卷成了一根长长的纸烟。说实在的，童年时的我挺喜欢父亲吸烟时的神态。父亲悠闲地深吸一口，白色的烟雾便从鼻间轻轻飘出。烟雾缭绕中，父亲讲起一个个稀奇古怪的故事。虽然那时我没吸过烟，但我很喜欢那烟的味道，香香的，闻着挺舒服。

在初冬的一天，我把父母都接到了我工作的小城。我刚买了楼房，家里安装了暖气，父母年纪大了，该来享享儿子的福了，正好我也不用千里老远地去乡下老家。父亲和母亲果然来了，母亲一个劲地夸奖我的住房，暖和亮堂。父亲脱去他的羊皮棉袄，不停地在客厅里走来走去。妻子做了几个菜，父亲高兴地还喝了几盅。吃过饭后，父亲依然不停地在客厅里走来走去。妻子说，老爷子怎么了，是不是咱这家里憋气？我忽然想起什么，老爸，你是不是忘了带老烟叶了？

父亲尴尬地笑了笑，你买的那条香烟我一直没舍得抽，我寻思着那烟挺贵，便让小孙女捎了回来，咱庄稼人吸那玩意儿干啥？可前段时间我吸了一根老杨儿子给他买的中华，真够舒服的，比我那纸烟好吸得多了！老杨的儿子在城里是个包工头，听说混大了呢！

我回到里屋，拿了钱让妻子赶紧去买烟，并嘱咐妻子一定要买中华牌香烟！

父亲和母亲在我这里过得挺舒心。除了家里安装了暖气，比较暖和，父亲也像邻居老杨一样吸上了中华牌香烟，这可能是他在这儿过得比较舒心的重要原因。父母全在我这儿，我也没了更多的牵挂，工作上的劲头更足了。

深冬的某一天，出差归来的我发现父亲卷起了纸烟。父亲说，你姐刚走，我打电话让她给我捎来了旱烟叶，洋烟那玩意儿吸着没劲，再说你刚买了楼房，吸那烟咱怎能承受得了？还是卷咱的旱烟叶比较好，说着父亲又卷起了一根长长的纸烟。

我的眼泪差点掉了下来。父亲是从我拮据的生活中感觉到了我买房后的压力，尽管我极力掩饰。

我曾极力反对过父亲吸烟。我上中学之后，烟雾缭绕中，我给父亲讲吸烟的危害。我还用水彩笔画出一个鲜红的肺和一个漆黑的肺。父亲接过画纸，折叠成了一张张规则的烟纸：你爷爷卷的纸烟比我的还长，你爷爷可活了九十多岁呢！

我气得两眼噙泪。母亲却笑个不停，你爸说的可真是呢！

我现在依然不提倡吸烟，只不过父亲年纪大了，这种嗜好又难以改掉，便不再反对。既然父亲知道了我经济的拮据，又吸起了纸烟，就由他去吧，况且父亲也是一个节俭的人。

到了腊月的一天，我正准备出差，妻子无意中给我提出一个问题：父亲好像已经很长时间没吸烟了，是不是没了烟叶，却又因为我们经济拮据，没好意思让我们买烟呢？

啊，这段时间我实在太忙了，竟未发现父亲没有吸烟！我觉得妻子说得很对，父亲可能是真的断烟叶了。在这里是买不到旱烟叶的，我赶紧去楼下小卖部买了一条烟，放在了父亲的床头边，又连忙赶着去火车站。

当我出差回来的时候，妻子正陪着父母看电视，我发现屋里竟然没有一丝的烟味。父亲看着我的神情笑着说，我戒烟了，你买的烟我又送回小卖部了，这段时间我常常想起你给我画的那幅画，吸烟有害健康呢！我的烟也让小孙女受害不浅，这电视上说得比你的那张画还深呀！

父亲竟然戒烟了，既不吸我买的香烟，更不吸他卷了一辈子的纸烟，全是为了健康！

父亲笑着说，我和你母亲商量好了，你出差回来我们就回乡下老家，马上要开春了，我还惦记着山坡上的那二亩小麦呢！

第四辑

晚霞

记住老县长

老县长病故的消息传到县里，办公室主任决定派秘书小张前往吊唁。小张放下手里那封来自财政局的检举信，赶紧去安排车辆。

临行前，主任告诉小张："老县长家住牟山村头，很好找。我还要开会，你就代表县里给咱老县长去送个花圈。"

去牟山的路上，一辆辆轿车擦车而过，车身上缚着花圈。看得出，他们也是去吊唁。小张嘱咐司机加快速度，脑海中却记起老县长的许多故事。

在牟山，老县长的故事几乎家喻户晓。小时候，小张就听爷爷讲过。爷爷讲故事时，总爱端起那长长的烟斗。故事结束时，他总喜欢以一句"记住老县长"煞尾。仿佛必须有这么一句，故事才算更加完美。

那是在1964年，国家刚渡过困难时期。老县长接到举报，牟山公社供销社饭店有经济问题。于是，他步行七十多里来到了牟山。此时，已是晌午，他没有去公社，却直接来到供销社饭店。

"小伙子，来碗羊汤。"老县长对这店内的那个小伙子叫道。

那小伙子吹着口哨白了他一眼，然后端来了一碗羊汤。

老县长看了看汤里卧着的几小块肉，问道："小伙子，怎么没几块肉?"

"爱吃不吃，我咋知道!"

那小伙子叫于小头。在他眼里，这个穿着黑棉袄、拿着长烟袋的乡下老头儿实在有点多事。

老县长没再说什么，用筷子挑出那几块肉，包在了手帕里，然后去了公社。

从后来调查的情况可知，短缺的羊肉是被供销社主任和厨师瓜分了。供销社主任还有着更大的贪污行为。厨师和供销社主任被开除回家。那厨师正是老县长儿时的伙伴，于小头的爸爸于大头。

老县长很倔。离休后，他放弃了单位分房的机会，却执意回牟山，与儿女们住在一起。

老县长的故事就是美，听着让人提神。

车子很快来到牟山。小张却有点慌了神。牟山村坐落在牟山的北坡上，下了公路有好几条小路通往村子。走哪条路呢？老县长家是在村东头还是在村西头？小张稍微思考了一下，决定走东边那条路。不管是村东头，还是村西头，老县长的家还不好找吗？

车子沿着弯曲的山路缓缓驶入村头。悲怆的唢呐声传入小张的耳朵。

在村东头，有一家正办丧事。小院内，有三间石头瓦房，房前搭了一个简易的灵棚。一个乡间艺人坐在矮桌旁，吹着忧伤的曲子。屋内传来儿女们呼天抢地的哭声。栅栏门外的石凳上，有几个闲坐的老太太抹着眼泪。

司机问：“是不是这家？”

小张没有言语，眼睛却盯着又一辆擦车而过的轿车。这时，村西头的高音喇叭上也传来哀乐声。

小张果断地说：“村西头！”

车子没走多远，就看见街道的两旁放满了花圈。有民政局的、有公安局的、有工商局的……足有一里多路。小张暗自赞叹他的果断。如果不是他的果断，去了村东头那家，岂不闹了笑话！

小张的车子无法再前行，前面停满了轿车。小张和司机走下车来，把花圈立在路中间。村西头的小楼前站着一行孝子，他们不断地向前来吊唁的客人鞠躬。客人个个悲痛欲绝的样子。打头的孝子大肚翩翩的，鞠躬时似乎特别费劲。他缓慢地打了个手势，把客人请向家里，眼睛里却隐隐流露出喜悦。

小张懵了，那人怎么像是财政局的于小头局长？可不，正是于局长。原来他也死了老子！

小张激灵打了个冷颤。他果断地让司机收起花圈，调转了车头。

体检

早晨来上班时，老赵遇到了一个在乡卫生院工作的朋友。这位朋友说，前几天乡机关人员的那次体检，老钱查出了问题，而且还可能是要命的乙肝。临行时，朋友嘱咐他，这事绝不可外传，毕竟还没有公布体检结果。

老赵忽然感到莫名的恐惧：与老钱同在一个科室十多年，怎么从来不知道老钱有乙肝？肝脏在哪里，是在腰里还是在胸口？想到此，老赵一会儿感觉腰里疼痛，一会儿感觉全身毛孔瘙痒，继而又感觉有些胸闷。

临近下班的时候，老钱先走了。老孙这才转到了老赵的对面，俯下身轻声说：“听我老婆的同事的三姨的在医院工作的侄女说，老钱被查出了乙肝！”

老赵瞪大了眼睛：“你是说老钱——”

“这事——我只给你说。人呀，不能只看表面，平时没事都挺好，谁与谁都是哥们儿，可是你哪里想得到别人要害你？乙肝是小病吗？已经肝硬化了，老钱就没有过感觉？想想每次乡里的工作餐，老钱哪次不是热情地给我们夹菜，他那个喝酒法更了不得，他总爱与人碰杯，酒中有酒，传不上乙肝才怪呢！你说这人是什么品质，有病还是那样，不是存心害人吗？我们怎能与这样的人在一个办公室？我们该不该与乡长说说，把他从咱办公室调出去？”

“说老钱有病只是传言，并没有实据，毕竟还没有公布检查结果。再说，若他真有病，乡长能把他放哪里？哪个科室的同志愿意与一个有传染病的人在一块儿？除非放在传达室，其实放在传达室也不好，俗话说病从口入，乡政府大门是什么地方？”老赵脸色蜡黄，不断地用手捏着腰部，“还是注意收好你的茶杯，自己勤快一点，你给老钱多倒一次水，千万别让老钱给你倒水。奶奶的，这次我真得感到腰里有些疼了，该死的老钱！”

下午，老钱没来上班。同事们私下里说着同一个话题：老钱得了要命的乙肝。

老孙又转到了老赵的对面。

“老钱家里出乱子啦。他老婆似乎知道了体检结果，哭闹着要与他分居。老钱现在也看开了，闹就闹吧，人终有一死，不就是染上了乙肝吗？什么哥们儿，什么亲情，什么事业，全他妈的扯淡。以往老钱喝酒总是在乡里或朋友的饭桌上，从没有在家喝过。可是，今天中午老婆走后，老钱便开了在家里喝酒的先例，最终醉倒在沙发上。”

第二天早上，老孙带来一个新消息。老钱的确有病，化验结果几天前就已经拿回来了，其他同志安然无恙。李副乡长当时立即通知了老钱，让他赶紧去医院复查。

“这事——老钱也真可怜，挺好的一个人，怎么就得了这种病，是哪个缺德鬼把病传给了他？老钱有病这事，咱就做到了保密。那些人也真是的，干啥都说老钱有病！他有什么罪过？动不动就分居，还说什么贫贱夫妻呢！”老赵喝了一口茶，难过地说，“我们在一个办公室这么久，算是老伙计了，有时间还是去老钱那儿坐坐，否则心里也真不好受！咱说好了，就晚上去，好好给他说说，也不用是个什么思想负担。”

“其实，乙肝也不是那么可怕，只要老钱按时服药，病情也是容易控制的。再说哪有那么容易传染，我看书上说，这种病毒只有在适宜的条件下才可传染。他老婆完全没有与他分居的必要，老钱不正需要照顾吗？咱应做做他老婆的工作，让她回家好好照顾老钱，老钱兴许能长命百岁呢！”老孙也颇为感慨，“虽然这两天我们对老钱有些冷淡，可那也怨不得我们，人家都说老钱有病呀。我听说乡里正酝酿，让他办病休回家，这也是好事，一切以养病为主嘛！”

办公室的门开了。李副乡长无力地迈着方步走了进来。

“老钱的复查结果已经出来了，一切正常！医生说可能是验血时把标签贴错了。我们与老钱一组，乡长让通知咱那一组的都去复查。”

老赵的脸顿时又变得蜡黄，先是感到腰里奇痒，紧接着胸闷得喘不过气来了。

老孙结结巴巴地说：“今天是什么鬼天气，不是说——都说是老钱有病呀！”

守 望

她想了整整一天，为玉儿和张三的事分辨着是是非非。张三在外面一直有个相好的，邻居们都知道，却没有谁告诉玉儿。张三昨天回家后，玉儿在他脖子上发现了一个红色的唇印。玉儿哭肿了眼睛。

她的丈夫曾经这样分析过：张三常年在广州做生意，有时两三个月才回来一次，挺孤独的，找个相好的很正常。她一直不赞成丈夫的说法。玉儿为张三生儿育女，辛辛苦苦地守护着这个家，换来的就是男人在外面耐不住寂寞，而风流快活吗？她曾想把张三的丑事告诉玉儿，然而，张三从没带那女人来过家里，每次回来都要给玉儿和孩子买好多东西，最后又把存折放在玉儿手里，让她好好地保存，也从来没有提过离婚之类的话题。所以，她又认同了丈夫处理这件事的态度，既然没有什么事情发生，何必把这件事告诉玉儿，让她多一份苦恼呢？

她有些想丈夫了。丈夫半年前去了法国，在巴黎做服装生意。她的丈夫是个好男人，每天晚上总会抽空在 QQ 上与她聊一段时间，诉说一下对她的思念。她告诉男人，她也很想他，看到别人家的男人和老婆一块逛夜市，她心里酸溜溜的。如今儿子上大学去了，她感到很寂寞。玉儿家的事让她心里烦烦的，也让她更想丈夫了。

她倚在床上，打开电脑，发现丈夫虽然在线，却并没有在房里。丈夫和她的电脑都有摄像头，她能看到丈夫的房里，丈夫也能看到家里。丈夫做什么去了？无意间，她发现有丈夫发来的邮件。她打开一看，是一张相片，是丈夫和他店内的三个员工。靠近她丈夫的那个金发女郎，应该叫凯瑟琳。丈夫给她聊过。可是，此时她看到这个法国女郎心中却涌起一种莫名的不安和嫉妒。丈夫会不会与凯瑟琳发生那种事？她呆呆地望着丈夫的房间，忽然意识到了自己处境的危险。她一直认为自己比玉儿更有魅力拴着男人，她一直认为自己的丈夫比张三更忠于爱情。可是，浪漫的法国女郎让她产生了一丝自卑，同时对自己的丈夫没有了信心。她轻轻地敲击键盘，给丈夫留下了“守望”两个字。

不久，电脑画面在她眼里模糊了。她很快梦到了自己的丈夫。丈夫牵着她的手走进了夜市里，后来又牵着她的手回到了家里。丈夫把床上的手提电脑拿开，又把她放倒在了床上。丈夫呼呼地喘着粗气，她也呼呼地喘着粗气。不知为什么，她此时却找不到以往与丈夫在一块儿的一点感觉。她甚至发现躺在丈夫身下的女人，瞬间变成了留着金黄头发的凯瑟琳。凯瑟琳伸长了脖子，拼命地吻着。丈夫的脖子上留下了一个红色的唇印。她哭了，大声地叫着丈夫的名字。这时，她也似乎听到丈夫在叫她的名字。

她醒了，原来一切都是在梦中。丈夫正坐在电脑前给她说话，耳机还带在她的头上。看到丈夫的身影，她心中有涌起一阵气恼，立刻用毛巾裹住了摄像头。本来要给丈夫说的那些心事，全抛到了脑后。

她恨恨地看着丈夫，发现丈夫脖子上真的有一个红色的唇印。

“那口红怎么回事？”

“凯瑟琳的，浪漫的法国女郎！”

丈夫风趣地耸耸肩，随即转动摄像头。凯瑟琳等三个员工全躺在丈夫床上。

她怔怔地望着丈夫，一句话都不想说。

“躺在左边的那个大块头就是凯瑟琳的丈夫。这几个家伙哪是我的对手，全喝趴下了。过几天，我让凯瑟琳去接你。你一个人在家挺孤单的，我也挺孤单的！”

“不去——我要给你和儿子守着这个家！”她哭了，泪水流满了两腮。

署名

一

张三总觉得有些不对劲。

牟山石多土少，远离水源，种些果树倒是可以，乡里却投巨资整梯田，在山上种上了西瓜。从牟山回来后，张三又接受了写通讯报道的任务。

通讯报道一定要写。领导作出决策，不摇旗呐喊行吗？通讯报道也并不难写，他仅一个下午就拿出了初稿。可是如何署名呢？乡领导走马灯似的换来换去，并不在乎身后留名。可他张三是一小老百姓，注定要在此终老一生。人们记不住那些领导，岂能记不住他张三的大名?!

张三苦思了很久，始终没想出更好的办法。

在睡梦中，他梦见了逝去多年的爷爷。爷爷端着长长的烟袋杆，在他脑袋上轻轻敲了一下。

张三顿时明白了爷爷的意思。他可以把李主任的名字署在前面。这样，李主任高兴，他张三日后也少挨骂呀！

大字不识一个的爷爷，竟然懂得这么多！

二

张三刚做办公室主任就遇到了头疼事。

李主任升任乡长，做事雷厉风行。牟山街多年失修，路面坑坑洼洼。村村通工程的实施已有年头，作为乡驻地的牟山街，却如此不堪。于是，李乡长去县里跑修路的事。牟山街的建设引起了县里的重视，并明确指出：款项县里拿大头，乡财政补一点。

施工开始了。牟山街两边种上了花树，装上了高标准路灯，对原路面做了妥善的修补。在骨子里，牟山街依然是原来的牟山街。

秘书小王送来通讯稿。小王很谦虚，提出把他张三的名字署在前面。

张三犯愁了：这怎么得了？

张三又一次梦见了爷爷。爷爷二话没说，抡起烟袋杆，在他头上狠狠地敲了两下。

张三机灵一下醒过来：李乡长做过办公室主任，依然可以把名字署在前面。至于他张三嘛，一向谦恭，理应署小王的后面。

三

张三绝没想到，他做了乡长也不轻松。

他准备在牟山重修一条高质量的大街。他去县里跑钱款，又去各个企业拉赞助。凡与牟山有关的，牟山人或牟山人的女婿，都要捐一份款。他竟然张罗了三百多万元。

秋后的一个下午，张三在合同上签下了大名。承包商是原李乡长的堂弟李四。老乡长多次给他打电话，替李四揽下了这项工程。然而不久，他开始头疼了：不经意间，他账户上多出五十万元钱。李四怎么了？无非是——嗨，这个李四呀！张三有些后悔在合同书上签名。可是作为乡长，他不签名谁签名呢？

工程进行得顺利。李四让人刨去了花树，卸下了路灯。张三想：“这花树、这路灯曾是牟山乡的耻辱呀。李四做得真好！”

张三告诉小王主任：“把通讯报道写精彩些，不要署我的名字，一定要把你突出来。”

这一夜，张三又梦见了爷爷。爷爷的烟锅竟然喷出一股火来。在熊熊烈火中，他化成了灰烬……

田老爹卖粮

田老爹最近有些让人捉摸不透了。

玉米刚收下来时，田老爹便四处打听价格。确知价格并不乐观后，田老爹便取消了立即卖粮的打算。邻居们很疑惑，田老爹卖粮从来都是不紧不慢，且不太在乎粮价，如今怎么了？疑惑之后，终于有人作出这样的分析：现在是市场经济，田老爹也与时俱进了，心思钻到了钱眼里，总想卖个高价呢！

开代销店的张咕咕却不这样认为。在往年，田老爹卖粮从来不靠别人，也从来没为卖粮犯过愁。现在他年纪大了，再没力气扛粮食袋子。儿子小田在城里工作，自然是指望不上。女儿婆家虽在本村，可是女儿、女婿常年在外打工，更是指望不上。他急着卖粮，卖完粮便没了心事。如今粮食价格走低，谁愿意让一年的汗水白流了？

十多天后，田老爹来到了张咕咕的代销店。

“咕咕呀，听说玉米价格上调了，七角五分一斤，可是俺——”

“好说，好说！”张咕咕明白田老爹的意思，给他递过一支烟，“粮食放在家里要防潮、防鼠，还是卖了好！谁在乎多卖三十块五十块？”

“三十块五十块咋不在乎？”田老爹并不认同张咕咕的话，“俺那是啥粮食，收拾得贼干净，价格低了不卖呢！”

张咕咕有些糊涂了。田老爹这是怎么了？你的粮食再干净，价格上的事也不能咱说了算呀！难道田老爹真得钻到钱眼里了？

二人到了收购点时，粮价却又降下来了，降到了六角五分。田老爹最终没卖成粮。田老爹唯恐玉米受潮生虫，便又把粮食搬出来晒了几次。眼看到了年关，终于又请张咕咕帮忙把玉米卖掉了。这时粮价依然是六角五分。

从收购站回来后，张咕咕向老婆说起田老爹卖粮的事。二人都感觉特别好笑：田老爹怎么钻到钱眼里呢？还不是最终折了本钱！正说着，田老爹来了，要在代销店里给儿子打个电话。张咕咕替他拨通了小田的电话。

田老爹颤抖着手接过话筒：

“儿呀，来家过年不？你来家拿钱吧，去还你的房贷。”

看着田老爹佝偻的身影，张咕咕感觉鼻子里有些酸……

第二年麦子下来后，田老爹又忙着晒粮，把麦子收拾得干干净净的。闲暇时候，他便去收购点或张咕咕那儿，打听粮价的变化。

初秋的一天，麦子涨价了，恢复到去年的八角一斤。田老爹便叫上张咕咕，赶紧把麦子拉去收购点。二人走到半路时，天空中忽然飘起了小雨，把他俩淋在了雨里，麦子全湿了。田老爹让张咕咕把车开了回去。

第二天，天晴了。张咕咕叹息着告诉田老爹，粮价又降下来了。

田老爹没有言语。

“老爹，趁早卖吧，小田兄弟还要还房贷呢！每斤多卖 1 角又怎样，房贷没利息吗？您咋没算这笔账？”看着田老爹紧皱的眉头，张咕咕有些心疼，“其实您没必要把粮食晒成这样，您看别人家的粮食，既有土粒又有麦糠，还不是与您的粮食一个价？”

“不是的，咕咕，从前去粮所交公粮，那是交爱国粮，如今卖到私人的收购点，俺也不能坑人呀！”田老爹抽了一口烟，“再说，小田和俺孙子都在城里，也要买粮食吃，能吃不干净的粮食吗？”

田老爹又开始晒粮了，晒了十多天。不过，张咕咕的话他也听进去了，儿子小钱的房贷要还，卖粮的事不能再耽搁了。待粮食干透后，张咕咕帮他把麦子装上了车。田老爹没再跟着去收购点，他信得过张咕咕。

太阳快要落山时，田老爹听到了张咕咕三轮车的声音。是张咕咕回来了。

张咕咕把钱放到了他的手上。

“老爹，麦子又涨价了，您的麦子八角一斤，比一般的麦子要高出几分钱。收购点老板说了，您的粮食干净，水分少，不能让您老人家吃亏？”

田老爹把钱放在兜里时笑了。那笑声让张咕咕眼里有了泪花。

铁枪老杨

据说，老杨是杨令公的后人。从老杨的爷爷那辈他们全家闯关东，从此便失去了消息。直到抗战第二年，老杨刚满十二岁，才随他年轻的母亲回到了老家牟山村。老杨他娘长得温柔水灵，看不出一点东北女人的泼辣。至于老杨母子是否就是闯关东的老杨家人，也无从考证。只听老杨他娘说，老杨的爷爷死于“九一八”事变，他的父亲则死于长城抗战。村里人听后都泪水涟涟，杨家一门忠烈呀，哪里还需要什么考证！

村里辈分最长的九爷与老杨家是邻居。九爷看了看老杨背在身后的铁枪，便认定这孩子必是杨家的后人。就是这杆铁枪，也曾背在老杨爷爷的背后。九爷说，他这双眼睛就能证明。

老杨母子的安稳日子没过一年，日本人来到了牟山，并在村南的山头上修了碉堡楼。在一个血色的傍晚，人们在村后的山涧里发现了老杨他娘的尸体。花儿一样的老杨他娘，先是遭了日本人的强暴，然后又被用刺刀剖开了肚皮。九爷领着村里人，把老杨他娘埋在了村口的山坡上。老杨哭成了泪人。

第二天早上，九爷发现老杨和他家墙上的铁枪不见了，老杨他娘坟头上却多了十几颗鬼子的人头。老杨走了。

抗美援朝结束那会儿，村里回来了几个退伍的伤残老兵。一个老兵说，他曾是老杨的部下，如今老杨带着他们团正镇守东北边境。

大约是六十年代初，老杨又回到了牟山，身后依然背着那杆铁枪。九爷问他：“怎么回咱牟山了，你不是做了大官吗？老婆孩子呢？”

老杨简单地给九爷说了他的一些情况。由于曾多次负伤，他的身体状况不是太好。转业时，本来组织上是要安排他到县政府工作的。他响应国家精简工作人员的号召，主动要求回到了乡下老家。这一点，九爷是理解的，满门忠烈的杨家将不是也曾辞官不做，回了河西老家么？

据那老兵说，老杨娶了一个漂亮的胶东媳妇，在师部里做政工，他还有一个聪明的儿子，可是那老兵却没见过。至于他的妻儿为什么不在身边，那老兵也说不清楚。战争是很残酷的，谁忍心再问？妻儿的事也许就是老杨的伤心处，若不然他怎会独自一人待在牟山呢！

村里帮老杨在村口盖了一间小屋，替他添置了锅碗瓢勺。房子离他母亲的坟地不远，房前是一片宽阔的山坡地，长满了各种野花儿。每天早晨，老杨都准时到山坡上出操，先是跑步，自己喊着号子；然后又从屋里拿来铁枪，在山坡上耍起了他那三十六路杨家枪，口里还不停念叨着杨家枪的枪诀：先有圈枪为母，后有封闭提掳；梨花摆头，救护要分明，里把门、外把门、闪赚是花枪，名曰秦王磨旗……

每日的操练，根本看不出老杨是一个病人。村子里几个年轻人想拜他为师，他欣然答应。这些年轻人练得很刻苦，却始终难以达到老杨枪法的境界。老杨说："不是童子功！这样也算不错了，若在战场上，已经是少逢对手"。

老杨常在周末去县城，说是看望他的老战友。他待人很和气，每次从城里回来，总是给邻里的孩子们带来糖果之类的东西。

在我的记忆中，他发过一次很大的脾气。那是 1983 年，县里进行改革：先是把公社改成了区，下面设了乡政府，后来区又改成了乡，乡则变成了管区。总之，改来改去很绕人的，让人很是不明白。牟山村的几个老兵却犯了难，每月五块钱的补贴不知哪儿领去。区里推乡里，乡里又推向区里。等到机构改革基本稳定下来了，几个老兵还是没有领到补贴。老杨背着铁枪去了乡里，他把铁枪放在民政助理员的桌子上，大声喝道："几个伤残老兵，经得起你们这样折腾？没有他们，你小子能安稳地坐在这儿？信不信我去县里找县长？县长与我好着呢！"

民政管理员吓得气不敢出，又不敢笑，因为他知道，新任县长是个女的，怎么会与他好呢？

老杨也种了一份责任田。闲暇时候，他依然出操、练枪。有一天夜里，他忽然病倒了，口里不断吐着鲜血。老杨未到天明便停止了呼吸。九爷已经去世，老支书便与几位老兵商量，应该给县里打个电话，老杨说过，县里有他的老战友，更何况他曾是战功赫赫的老团长呢！

女县长来了，后面还跟了个年轻人。年轻人从老杨屋里取来铁枪，来到他坟前，舞起了老杨的三十六路杨家枪。阳光下，一招一式，枪光闪闪，让人眼花缭乱。老支书惊呼："年轻人得老杨真传啦！"

女县长哭倒在老杨的坟前："他爹，你怎么就撇下我母子走了呢……"老兵们猛然醒悟，原来女县长正是老杨嫂子，她不也是老杨的老战友吗？先前只知道她在师部做政工，却不知她如今在本县做县长！

她哭着对众乡邻说："老杨不愿让俺娘俩来牟山，他要替先人们体会一下老百姓当家做主的滋味，不让俺和孩子来牟山搅了他的梦。老杨说，他家从令公至他爹都是满门忠烈，为的就是让老百姓的日子有个盼头……"

晚 霞

认识晚霞是在二十多年前，那时我们还在上中学。晚霞很爱唱歌，她是个多愁善感的女孩。她唱出的歌很忧伤，常常撩起我们年轻的心。不过我知道，我其实并不忧伤什么，只是被她的歌声感染着。不懂忧伤的男孩，也许并没长大；谁愿意让别人轻看了自己，把自己当作一个不成熟的小男孩呢！

熟识晚霞的人说，她有一个醉酒的父亲，家里的条件并不好，但这一点并没有减少我们对她的好感。他的父亲是个酒鬼，这与她有何相干呢？她的眼睛是那样的明亮，她回答问题又是那样的敏捷，她还像大姐姐一样关心着每一位同学。当我们看到她，我们就几乎忘记了她醉酒的父亲。那时，国家才刚改革开放，我们基本上还是一样的贫穷，穷与富还没有在我们脑海中留下概念。我们那时评价别人的标准是：谁学习更认真，谁学习更刻苦。在老师与同学们眼中，晚霞是考重点高中和考名牌大学的好苗子，晚霞的将来无可限量。每天看到晚霞的身影，很多同学总是流露出钦佩与赞叹。

有一件事曾让我耿耿于怀，痛苦了很久。

二蛋说：“晚霞对你真好，同学们说她将来会给你做媳妇呢！”我知道二蛋说的是什么，晚霞常夸我脑子灵光，理解问题比她快。我知道晚霞说的是真心话，心里乐滋滋的，与她讨论问题时更常常是毫无顾忌，这让不少男生嫉妒。二蛋是我儿时的伙伴，他的话让我很生气，他怎么可以这样说晚霞，晚霞知道了会怎样想？因此我便与二蛋吵了一架，很长时间没再理过他。

二蛋的话给了我很深的触动，他怎么可以说出这样让人脸红的话来？晚霞依然找我来商量题，我有时很敷衍，甚至躲避她。

晚霞便敲着我的小脑袋问：“怎么了小布丁？”

我结结巴巴地说：“二蛋说我们谈恋爱呢！”

晚霞红了脸："胡说什么，不学习了。"说着生气地回到了她的座位上。

二蛋钻到了桌子底下。

我的脸羞得通红。我简直恨死二蛋了，他怎么会这样想？他们怎么会这样说人？晚霞生气了吧，晚霞还会理我吗？

那个晚上我失眠了，我被耳边的阵阵鼾声扰得头昏脑涨。我真的没想过什么，只是喜欢与善学的晚霞讨论问题罢了。晚霞明亮的眼睛是挺好看的，同学们都这样说。试问班里的每一个男生，谁不喜欢她的歌声呢？我真得烦透了这些男生，臭烘烘的脚丫把他们的嘴也熏臭了吗？

熄灯铃打过很久了，我终于慢慢睡去。我做了一个奇怪的梦，在梦中我听到了唢呐声，众邻居把披着红花的我推向了最前面，他们架起我的胳膊挑开了新娘的红盖头。我大吃一惊：怎么竟然是晚霞！

第二天上课的时候，我再没有看见晚霞。晚霞也许真的是生我的气了。不再理我了不要紧，她怎么可以不上课？她可是我们班的尖子，我们学校和乡里考重点高中、大学的苗子呀！

晚霞最终没来上课，晚饭时我们知道了事情的真相。晚霞的母亲病故了，她的父亲依然醉酒，她的弟弟妹妹也在上学，她只有一个选择——退学。晚霞与我们抱头痛哭！

晚霞永远地离开了学校，那年她才十四岁。

第五辑

曾经的希望

曾经的希望

“爸爸，你最希望拥有什么？”女儿歪着小脑袋问道。

我心里一愣，心儿却飞向那个遥远的过去。

我最希望拥有什么呢？生活的坎坷曾让我失去过很多，也曾让我拥有过很多。已近不惑之年的我，立刻想到了那顶镶着五角星的红军帽。在我童年的时候，我曾是那样希望拥有，却至今不曾拥有过。

我的童年时代是在20世纪60年代末期，那时生活还很艰苦。一年中只有到了春节，才能吃到一次白面。在野菜充饥的日子里，虽然有时会想到白面，但那种想法只是在瞬间一闪，很快便抛到了脑后。因为当时的生产队，每年每家只能分几十斤麦子，这点麦子也只能用于待客或过节，谁能对吃白面有太多的奢望？

在我的小伙伴里，我的个头最大，长得也最壮，也就自然成为他们的“领袖”。我们白天一块割猪草，晚上又在一起打坷垃仗，一直疯到很晚，没有我的命令，谁也不会回家。可是有一段时间，我们在邻村看了电影《闪闪红星》后，我怎么都打不起精神来。潘冬子太酷了，特别是他那顶红军帽，戴在头上多威风。如果我也有这么一顶红军帽该多好，可是——我知道我爹不会给我买，在那时，买顶红军帽应该是一种奢侈，完全没有可能。然而我还是那样热切地盼望着，希望我也拥有这么一顶红军帽。

二蛋偏偏有了这么一顶红军帽。听说他的舅舅在工厂里上班，领了工资后便给他买了这顶帽子。

晚上，小伙伴们又聚到了一起，二蛋带着红军帽，一脸的神气，仿佛他就是潘冬子。

“二蛋，你那红军帽给我戴戴行不？”二蛋的红军帽让我的希望变得切近，对二蛋我竟然有点讨好的语气。

“不行!”二蛋说得很坚决，“我舅舅说了，这红军帽不好买呢，让我戴仔细了，不要借给别人。”

“不玩了，都回家吧。”我摆摆手，装着生气的样子。

其他小伙伴都不高兴了，不断地指责二蛋：“不就是一顶帽子吗？还好伙伴呢！不与你玩了!”

二蛋无奈，只好把红军帽递给我：“哥，我只给你戴一晚上，玩完了你要还我。”

“是啦，是啦。”我兴奋地把红军帽戴在头上，虽然有点小，我感觉得到此时的我很精神，很威武。然后，我们依据看的电影，玩起了自编的捉胡汉山的游戏。二蛋演胡汉山，我当然演潘冬子。

我们从大街玩到村口，又从村口玩到村外的田野上。那时每年秋季过后，生产队便要休地，所有的地晾上一冬，到了春天再种上庄稼。冬天的庄稼地，因此又成了孩子们的好去处。我们在那里疯呀，玩呀，对凛冽的北风竟然毫无感觉。直到听到家里人的喊叫声，我们才停了下来。

“回家!”我发出命令。

“我的帽子呢?”明亮的月光下，二蛋看着我的头问道。

我慌忙摸着头上，才发现帽子不见了。我愣在那里，二蛋却号啕大哭。

大人们闻声赶来。二蛋爹领走了二蛋，我也回了家。母亲仿佛不知道今晚发生的事。父亲在一旁吸着旱烟，用小刀刻着一块木头。我悄悄地上了床，心里还想着那顶红军帽。

第二天早上，我发现床头有一把漂亮的木刻小手枪。我披上衣服，惊喜地坐了起来。

这时，又传来二蛋的敲门声：“二哥，还没起呀?”说着他推门跑了进来。

我惊奇地看着二蛋，那顶红军帽依然戴在他的头上。

“大爷（我爹）在地里找了半夜，找到了帽子呢!”二蛋一脸的兴奋。

“哦——”我望着那顶红军帽，把自己的那把木刻小手枪送给了二蛋。

从此，我渐渐远离了那些小伙伴，因为我快要上学了。那时，我又有了新的向往，把那顶红军帽永远地封在了我的记忆了。

我希望拥有什么呢？是那顶红军帽吗？把生活中的坎坎坷坷都告诉女儿

吗？曾经的荣耀，又有过多少艰辛和泪水！我该告诉女儿什么呢？是过去、现在、还是未来？

“乖女儿，你看爸爸是不是有了白发？是不是显得老了？”我感慨地看着女儿。

“爸爸，我帮你把白发拔了去，你就不显得老了。”女儿天真地趴在我身边，数着我头上的白发。

“好呀，爸爸不想老，这是我曾经也是我现在最希望拥有的。”

死 角

那天，李四从城里来到乡下，说是找我喝酒，一定要与我比个高低上下。

李四喝多了。

“这么多年了，我连个芝麻官都没混上，真他妈的活够了！”

我醉醺醺地劝他，说：“啥呀，钻死牛角了不是？好歹你比俺这农民强得多吧！”

我把李四送出小院时，他依然在叹息：“没权也就罢了，可是有钱的人里也没有我，——苦呀！”

然而后来，李四失踪了。

开始时，亲戚朋友都以为他在搞失踪游戏，惩罚一下他那乏味自私的老婆。可是，十多天过去了，李四依然没有现身。他老婆慌了，所有的亲戚朋友也慌了，便立刻报了警。

我也加入了寻找的行列，可是，最终毫无所获。

这个结果吓坏了所有的人，也伤了所有人的心。可怜的李四！

当我伤心地回到自家小院时，无意中听到一个微弱的声音。是有人在叫我的名字。我环视周围，除了拴在屋旁的黑牛，并没有其他人。我有些慌，莫非是遇见鬼了。正当我要进屋时，我又听到了一次微弱的叫声。我这才发现那声音来自牛角。李四已奄奄一息，一只脚还露在牛角外面。

我对着牛角大声喊道：“李四领导，送礼的来了！”

李四气息微弱地说了一句话：“怎么回去？”

小白兔的故事

女儿躺在床上，却不肯入睡，缠着我给她讲故事。

我想着心事，口里应付着："好，好，我给你讲《白雪公主》"。

"不行，都讲好几遍了。"女儿撅起小嘴。

"那我给你讲《小红帽》吧！"

"不行，不行，这次要讲个新的。"

新的？我绞尽脑汁地去想，却什么也想不出来。"好的，讲个新的，讲小白兔的故事吧。"我忽然记起看过一本什么历险记，但又记不清楚，便想着给女儿编个故事。"小白兔家住在一个大山林里。老虎是这里的大王，这里还有大灰狼、小狐狸、大公鸡和绿孔雀等，全是虎大王的臣民。"看着女儿认真听讲的样子，我又继续讲到，"山林好大好大，有许多地方小白兔没有去过，有一天——有一天——"我打着呵欠，装着要困的样子。

"有一天怎么样了？"女儿追问道。

"天不早了，女儿，明天还要上学呢，睡吧！"女儿无奈地闭上眼睛，不一会儿便睡着了。

我躺在床上，却翻来覆去睡不着。每天迫于生计，奔波于生活的风雨中，人情的冷漠和那种孤立无助的感觉，让人心里一阵阵地发冷、发痛。睡吧，睡吧，假如明天晚上女儿要我讲小白兔的故事，我讲什么呢？养足精神，明天把故事编完整些，再讲给女儿不好吗？小白兔，小白兔，我心里不停地念叨着，却不知不觉地睡着了。

在梦里，我变成了小白兔。大灰狼紧跟在我的身后，穷追不舍。"绿孔雀，绿孔雀，快来救我。"绿孔雀正站在小树下，喝着树叶上的露水，看见惊慌失措的我和穷追不舍的大灰狼，赶紧躲到了繁茂的树叶中。我跑呀，跑呀，慌忙中我看到了趴在巨石旁草丛里的大公鸡，瞥见了大树上小狐狸狡黠的眼睛。“砰”，我被撞倒在地上。是老虎，这兽中之王，眼睛里透着凶残和贪婪。我两腿发软，瘫倒在地上……

醒来时，东边的窗子已微微透进霞光。

“爸爸，你怎么流了一身的汗？做噩梦了吧！”女儿伸出胖胖的小手，擦去我额上的汗珠，“爸爸，我梦见小白兔了，我给你讲讲好吗？”

我惊异地望着女儿，点了点头。

“在梦中呀，我变成了小白兔，”女儿眨着天真的眼睛慢慢地向我讲述，“我呀，和绿孔雀一块儿到小公鸡家去玩。到了小公鸡家，小公鸡正在妈妈的怀里哭呢。原来，是可恶的小狐狸把它的糖果骗去了。看着我们来了，小公鸡才擦干了眼泪。小公鸡的妈妈说：‘小朋友们，我有事要到外婆家去，你们好好地在家玩，还要小心提防大灰狼，一定要听话呀。’说完，小公鸡的妈妈穿上她的花衣服离开了。”

我听了感觉非常新奇，于是问道：“后来，又怎样了？”

“后来呀，大灰狼果然来了，”女儿露出严肃的神情，郑重地说，“我和小公鸡、绿孔雀先是把大门顶上，然后想了很多办法，终于把大灰狼制服了，把它交给了可爱的虎王。虎王还帮小公鸡向小狐狸要回了它的糖果。”

“那你们都用了什么办法呀？”我还是不住地问。

“嗯——忘了，”女儿难为情地放下小手，“总之，我们很团结，一块儿想了很多办法！虎王办事也很酷呢！”

我笑了，女儿也笑了。女儿的故事里，有我曾经很熟悉而心动的内容，它消融着我心中的噩梦，把梦中的那个大森林也映满了霞光。

哑 婆

哑婆出车祸了。我们交警赶到牟山时，哑婆刚好被抬上救护车。牟山的老支书跟着去了急救中心。这时，我接到一个朋友的电话。我告诉他，我很忙，一会儿再给他回电话。

车祸显然是因哑婆横穿马路而致。司机已经鸣笛，行车路线正确且有刹车的痕迹。哑婆八十多岁了，又聋又哑，根本听不见鸣笛。做完笔录，我又接到了局长的电话：

“哑婆已经醒了。哑婆说，牟山吕公洞内第三根石柱后，埋有一个蓝布包裹。此事，老支书已向县委作了汇报。组织上猜测哑婆可能与1946年的那次战斗有关。民政部门已派人前往调查，请你们积极配合。”

哑婆开口说话了。作为牟山人，我实在无法相信。

哑婆是牟山人。确切地说，哑婆是在1946年成为牟山人的。那年冬天的一个夜里，牟山上响起了激烈的枪声。村民们都知道，枪子是不长眼的，碰上了就会死人。于是纷纷关上了门窗，一个个不安地猫在家里。到了黎明时，枪声才停下来。村民们走出院子，胆战心惊地跑上牟山。山坡上躺满了横七竖八的尸体，一个个肢体残缺，让人惨不忍睹。村民们可以辨别出，那衣衫褴褛的是共产党的兵，那头戴钢盔的定是国军。老中医钱一仁不住地叹息：“可怜哪，都是咱穷苦人。”

掩埋这些尸体时，村民又在吕公洞旁发现了一个满身鲜血的姑娘，十八九岁的样子，叫花子打扮。老中医给她把脉、开药方，然后大家帮着煎药，总算把她救了过来。问及她的身世，她只是茫然地摇摇头。村民们这才发现，这姑娘是个哑巴。也许是因听不见枪声，走出吕公洞的她才中了流弹。然而，让老中医惊奇的是，她能看懂书，还写得一手好字。老中医颇为高兴，于是悉心教她医术，并把她收为干女儿。这就是现在的哑婆。几年后，哑婆已得老中医真传，并逐渐超过了老中医。哑婆诊费收得很少，我小时候也曾是哑婆的受惠者。老中医去世后，哑婆悲伤得死去活来。

来到吕公洞，我赶紧安排人在洞内搜寻并挖掘。果然，在第三个石柱后挖出了一个朽烂的蓝布包裹。里面用油纸裹着些银元、金条和一本华野某团的党员花名册。

处理完所有的事情，我赶到了医院。哑婆呼吸沉重，眼看就不行了。

“不是已经能开口说话了吗？怎么——”我急切地问老支书。

“医生说，哑婆的脑袋受过撞击，可能是又因撞击而恢复了记忆。可是，她伤得太重，已经走到了生命的尽头！”老支书无奈地摇摇头。

“哑婆还说了什么？她是谁，她是哪里人氏？那个党员花名册怎么回事？”我很好奇，哑婆的背后究竟有一个怎样动人的故事？

“哑婆说，把银元和金条全部上缴国家，要求组织恢复她的党籍；还说这起车祸责任在她，不要让年轻人承担责任！”老支书已经泣不成声了。

正悲伤间，我又接到那个朋友的电话。朋友说：

“我儿子开车去牟山游玩，不慎撞了一个老人，听说是牟山的一个老中医。那孩子已经鸣笛，老人还是横穿了马路。要说这事不能算有事，也不能算没事。如果老人的儿女不依不饶，就不好办了。你想办法向老人的儿女通融一下，医药费咱全包，其实农村人——”

“哑婆无儿无女，且无生还的希望，钱对她来说已经没有意义！”我毫不客气地挂上了电话。

一杯茉莉茶

翠翠近来心情颇不宁静。

傍晚时分，丈夫拾掇完碗筷，便给呆坐的翠翠拿过一只茶杯，放上了一勺茉莉茶叶。翠翠瞟了丈夫一眼："忙你的去吧。"

丈夫"嘿嘿"地苦笑了两声，便辅导孩子的功课去了。

客厅内仅剩下翠翠一个人，她看了看杯子里的茶叶，却不住地叹气。每次进城，看到人家城里人的生活，她总是羡慕不已。她的一些老同学，发财的发财，当官的当官，自己却与丈夫生活在这样一个僻远的小山村里。上次去城里，她遇到了高中时的老同学红姐，更增加了她心中的不平。

走进红姐家，翠翠局促得像个乡下小姑娘。屋内的摆设就跟电视里的一样，翠翠竟然不知道是该坐还是不坐。

红姐从一个花花绿绿的盒子里取出些许茶叶，放在了一个玻璃杯里。那茶叶圆圆的，就像山坡上落满的羊屎蛋。翠翠想，城里人就喝这个呀，兴许还不如我家的茉莉茶呢！看着红姐倒好水把茶端了过来，翠翠连忙说：

"姐，你别忙，我不渴呢！"

红姐把茶放在了茶几上："客气了不是，老同学多年不见面，喝杯茶还见外呀！"

翠翠尴尬地笑了，望着杯中渐渐泡开的茶叶，张了张嘴，又闭上了。

"这是铁观音，"红姐笑得像花儿一样迷人，"一个广东客商送给我家老公的，大约两千多元一斤吧！"

翠翠暗暗地骂自己，怎么想起拿自家的茉莉花茶与人家的相比呢！唉，当年自己因二分之差高考落榜，回乡做了个代课教师，嫁给了一个普通的山村教师。而红姐呢，幸运地考上了大学，还找了这样一个有能耐的老公。翠翠忽然心中涌满了失落：这就是铁观音，长长的像老树叶子，清清的汤。她狠狠地喝了一口，味道有点苦。

翠翠看了看杯中的茉莉，从记忆中回到了现实。里屋已一片漆黑，丈夫和儿子大约都已睡熟了。她的丈夫没有什么不好，工作、生活上都很出色，对她也很体贴；儿子上五年级，也是班里的优等生。这样的家庭，她还能说什么呢？是这次进城红姐家的那杯茶，特别是与B君的偶遇，深深地刺痛了她。回到家里，便常对丈夫和儿子莫名其妙地发火。

B君是翠翠的初恋。她从红姐家出来后，在某局的大门口遇到了B君。B君从车里下来，先看到了翠翠："啊，翠翠，是你！"

"是你？"翠翠几乎认不出大肚翩翩的他。

"局长，还有什么事吗？"司机看了翠翠一眼，对B君说。

B君摆了摆手，转向翠翠："到办公室坐吧。"

翠翠的眼睛里蒙上了一层泪花，竟不知不觉地跟他走进了办公室。

B君一边倒茶，一边对翠翠诉说他事业的坎坷、婚姻的不幸、对翠翠的内疚和思念。

翠翠听着掉下泪来，泪珠落在刚泡好的茶中，一个个嫩绿的毛尖直立在玻璃杯中，像一把把利剑欲破水而出，刺向她的心窝……

翠翠拭去脸庞的泪水，感觉自己的泪太不值了。

望着丈夫放在杯中的茉莉花茶，忽然感觉有点渴。她拿起暖瓶，倒上了一杯，顿时一股清香扑鼻而来。B君曾与她山盟海誓，不离不弃；在她落榜后，他在大学里缠上了一个市长的千金，同样的山盟海誓，如今却说婚姻的不幸，见鬼，小人，翠翠暗暗地骂道。同时她又感觉自己是那样地可笑，她怎么忽然羡慕红姐，怎会为那个虚伪的B君而伤感不已呢！自己这样平淡的生活不好吗？

她轻轻地喝了一口茶，还是自家的茉莉好，喝进嘴里，口舌生津，香入肺腑！

一封随风飘去的信

丁丁还没有想出这封信写给谁，他甚至还没有想出这封信写什么；他找不到一个人可以说说他的心事，他的心事也不想说给别人。可是他的心情的确糟透了，于是他铺开了一张信纸。

这封信绝对不是写给班主任王老师的，尽管王老师非常的关心他。所有的代课老师那里都有一张五人名单，这五个人是班里的培养对象，其中就有他。这个名单就是王老师提供的。是的，他非常希望考上大学，并且希望考上名牌大学；三年来他也非常的努力，可是他却感觉非常得累。不知从什么时候，他开始失眠，经常梦见自己走进无尽的沙漠，在梦中他还常常梦见他的爷爷，梦见爷爷那双饱含期待的老眼。

其实这封信，丁丁也不想写给爷爷。年迈的爷爷不认识字。

上次回乡时，爷爷把他送到了公路边。从村口到公路要走过十多里崎岖的山路，爷爷背着包裹，直喘粗气。

丁丁扶住包裹，爷爷，让我背，你还是回吧。

爷爷摆了摆手，虽然你已经是大孩子了，可是你的肩头还嫩，爷爷能替你背多远就背多远吧。

丁丁想着写着，却流了一脸的泪。他知道爷爷那双老眼期待的是什么。爷爷期待的和王老师的那张名单一样，压在他心里好重、好重！

丁丁停下笔，他不知道下面该写什么。是写给她吗？此时，那个穿着火红裙子的女孩又飘进了他的脑海：

丁丁坐在教室里，翻看着各种参考书。她推开教室门，轻快地走进来，喂，知道吗，这次我考了第一名，你的名字在我后面呢！我比你强吧，老师还夸了我呢！

他摇摇头，考第一有什么稀奇？谁没考过，别在我面前跳！

偏跳，偏跳，她说完又跳起来，红红的裙子像一团火，在他眼前晃来晃去。

去！谁没考过第一？丁丁心情有点烦躁。

她吃惊地望着丁丁，眼里涌满了泪花……

丁丁怔怔地叹了一口气，他知道这段时间自己老是心神不宁，也许是因为那红裙子。他确实一直想给她说，他非常喜欢她，可是他和她一样，都要考上大学，不能相互喜欢对方。

他的信是写给她吗？丁丁摇了摇头，丁丁和她今后的路都还很远很远。这封信，其实是一个很重、很重的包裹！

丁丁拿起一个自制的信封，把那封没头没尾的信装了进去。他觉得，这封信写给谁并不重要，他是要把自己的心事装进信里，把自己的心事从肩头卸去。

丁丁把信装进衣袋里，一个人走出学校门。他走了很远，很远。中午时分，他走到一座山上。这儿的风好大，好凉爽，这儿的阳光也好美！他把那封信抛向空中，那封信又随着风飘向远方……

旺和妞的故事

如果不是接到妞从乡下打来的电话，我绝对不相信这是真的。妞和旺恋爱了十多年，眼看就要谈婚论嫁了，怎能说变心就变心，说分手就分手？旺凭什么领回来一个毫不相干的广东女人？就因为旺的那些臭钱吗？

旺妈妈挺身而出了，并扯开喉咙痛骂不已。旺无动于衷，那女人竟也沉默不语。

我给旺打了电话：“自你小子在广东开了公司，我就开始担心了，没想到这么快成了现实。”

旺满嘴的不高兴：“邻居们见我走来，便紧闭了嘴巴甚至把头扭向别处，我怎么成了过街老鼠——”

“这怨不得别人，谁让你为富不仁？你的所作所为不仅对不起妞，也丢了咱牟山人的脸呀！”我恨恨骂道。

旺挂死了电话。我只能叹气，旺成了有钱人，谁能有什么办法？

正月初三那天，旺与那女人回了广东，发誓从此不再回来。

妞的事，似乎成了村里的头等大事。邻居们开始给妞介绍对象，有在外的打工仔，有牟山的个体户。妞只是摇头。妞心头的伤口还在流血。妞妈妈和旺妈妈也从乡下先后打来电话，让我给她介绍一个。我也应承下来了，并不断地谋划着妞的亲事。

深秋，风把山野吹成了枯黄。妞终于出嫁了，嫁给了邻村小学的一个老师。我做了妞的伴娘。小伙子了解妞与旺的事，他欣赏妞对感情的那份执著。我猜想不出，披了红盖头的妞究竟是还爱着旺，还是对旺充满了怨恨？看着妞黯淡的眼神，我心里酸酸的：她经历了怎样痛苦的挣扎，才下决心嫁了？

自此，我很久没有见过妞。但我依然惦记妞，常常摸起电话，却又立即放下了。我担心原本善意的举动，会打破妞本已平静的生活，无意中伤害了妞。我有时悲观地想：这个社会不公平的事就是多，凭什么把机遇给旺，造就出旺这样的富人？妞这样善良的女孩子，凭什么受到伤害？

第二年暑假，妞的孩子出生了。她随丈夫工作的调动来了城里。我们见面的机会多了，但我们谁都没提过旺。我们谈得更多的是我们的孩子，我们孩子的未来。我很欣慰，正如我希望的，旺正从她心中渐渐淡去了。

妞来城后不久，旺回乡了。这在牟山掀起了不小的震动。旺仿佛忘记了发过的誓，并且不打算再去广东了。村里人很疑惑：旺怎么是一贫如洗的样子，他的公司和财产呢？先前的女人怎么没有跟着回来？没有谁知道，旺到底发生了什么。总之，旺遇到了倒霉事，脑门上的头发愁得几乎掉光了。

渐渐地，人们不再谈论旺，牟山又如往日一样平静了。旺妈妈毕竟心疼儿子，她不再责怪旺，央求邻居们给旺介绍对象，甚至给我打电话，让我留心着。我答应了，我不想让老人过于伤感。

旺终日懒懒的，吃过饭后便去睡觉，或去村头闲逛。责任田的野草长过了庄稼，旺不曾去拔过一棵。几个前来相看的姑娘，因为他的懒散和贫困最终吹了。于是，有人劝旺再去打工。不管曾经发生过什么，旺是有能力的，他依然可以东山再起，开起公司，成为牟山村最有钱的人。旺听不进任何人的话，依然终日懒散着。

旺就是旺，实在让人爱不起来了。

秋末，旺死了。旺喝了农药。村里的人推测说，他的公司、婚姻全都没了，活下去还有什么意义?！旺妈妈终日哭泣。旺活着时只为了自己，死去了却把伤痛留给了别人。

我终于把旺的死告诉了妞。旺的坟很小，一个小小的土丘。在旺的坟前，妞流了满脸的泪。旺已经永远地消失了，不管是爱还是不爱，活着的人都不该因他的过错再痛苦地生活。

临近年末，天空中飘起了雪花，街上不时地传来沉闷的鞭炮声。旺妈妈去世了。我接到了母亲的电话："村里准备为旺妈妈办丧事，回来送送她吧！"

我不假思索地答道："一定回去，旺是旺，旺妈妈是旺妈妈。我们都是旺妈妈看着长大的。"

旺妈妈出殡的时候，全村老少都到齐了。在整理旺妈妈的遗物时，我意外地在她床下发现了一个皮箱。这是旺的东西。里面有妞给他写过的书信、一张巨额存折，还有旺的病例和遗书……

旺依然是个富人，他把公司拍卖了，给母亲留下了足够的钱养老。他领往家中的广东女人，是他租来的女友。他知道自己是肝癌晚期，命不久矣，他不想耽搁妞。一次次的化疗使旺的头发全部脱落了。他终于忍受不住，服了农药。难怪旺妈妈不再责怪儿子。

妞哭成了泪人。

纸 鹤

其实第一次接到云的电话时，她就犹豫了。她随口应答："是呀，二十年了，该聚聚的！"

亮会来吗？如果见了面，将会是怎样的尴尬？她也很想见到亮，可是一想到亮，她敏捷的思绪就被堵上了阀门。好在离聚会还有一段时间，她也许还能想出不去的更好理由。

第二次接到云的电话时，她全家正准备吃饭。老公端来了她爱吃的清炖草鱼。云说，多数同学都通知到了，聚会选在平阳路新开的一家宾馆，一个做了大款的同学做东。她慌乱地应着，心里却进行着激烈的斗争。她实在没有想好是否要去。多数同学都通知到了，亮能不来吗？

老公看着愣神的她，问道："谁的电话，怎么了？"

她如实回答："同学聚会，不想去的！"

老公摇了摇头："小鹤儿，这样不好，怕见到旧恋人么？"

老公总喜欢叫她小鹤儿，他的话让她有些恼怒。谁有旧恋人，亮是她的恋人吗？与亮做同学时，他们还在上中学。她曾把自己的一只纸鹤送给了亮，那是她父亲叠的。她的父亲会叠各种样式的纸鹤，家中也挂满了千姿百态的纸鹤。在她与母亲的想象中，他们的生活里除了有翩翩起舞的鹤，还有明净的湖和绿草地。母亲曾问她，喜欢父亲的世界吗？她肯定地点了点头。亮也很喜欢她送的纸鹤，说要珍藏。

她决定参加这次聚会了，她与亮珍藏的应该是份友情，有什么可怕的呢？

第三次接到云的电话时，她已到了平阳路，她的眼珠正被一个宾馆所吸引。宾馆的名字叫"纸鹤"，大门上、小院内、玻璃窗内，挂满了千姿百态的纸鹤。宾馆的主人真有趣，竟然喜欢纸鹤。她与老公初遇时，是在一个春日无风的日子里。老公坐在山坡上，正叠着一只俯首沉思的纸鹤。她喜欢上了老公，一个会用纸鹤装扮生活的人，他的日子里永远是风和日丽。这不正是她渴求的生活吗？

她还在沉思中，听到有人叫她“小鹤儿”。

云和亮并肩走了过来。

她曾不断地接到亮的来信。亮说，他希望将来做一个富翁，他选择了经济管理专业。亮还说爱她爱得发狂，特别喜欢她送的纸鹤。亮也喜欢纸鹤，可是他们之间毕竟有区别。她真怕自己的决定伤害了亮。当她准备给亮回信时，又接到他的一封信。从亮的信中，她似乎看到了亮心里的伤痕。她回信告诉他，她所在的师范大学里有一个不大的湖，湖边有一个绿油油的草地，她就像一只刚找到栖息地的白鹤，好喜欢这里。她还告诉亮，是父亲喜欢叠纸鹤，她不会的……

亮站在云的背后，耸耸肩，然后莫名地笑了：“怎么——不喜欢？”

她的脸顿时红了。她想不透亮的话里有什么意思，他的笑是否含有讽刺或挖苦？记得在她给亮回信后，亮就再无消息。她一直为此遗憾，这种关系最难处理，往往不成爱便成恨。亮似乎还在乎那段记忆，也许她的方法始终没能让亮释怀。他还喜爱纸鹤吗？他来到这挂满纸鹤的地方，是什么感受？已步入中年的亮，还会心存那份痴想吗？

宴会开始了。她与云坐到了一个不起眼的角落里。主持人请出了宾馆的副总，告诉大家，她是我们这次聚会的赞助方。云靠近我的耳朵：“她是亮的老婆，还擅长手工，叠出的纸鹤真叫人称绝，宾馆里的纸鹤全是她的作品。”

她抬起头，看了看坐在前面的亮。亮微笑着，给她做了个鬼脸……

第六辑

阿三同志

柱子

那一年，我被打成了走资派，从某大学被下放到鲁西南一个叫伞山的小山村。

老支书对我很热情："听说你会写诗，是有学问的人呢，把柱子替下来，到小学里去教孩子们吧！"

"哪里，哪里……"我小声地说。正是因为那几首诗，我被打成了走资派、牛鬼蛇神，我哪里敢承认自己有什么学问呢？

我随老支书走进村小学——村东头一个简陋的院子。学校里其实只有一个班，柱子正在给学生上课。我和老支书走进教室，坐在了最后的那排。柱子怔了怔，学生们也纷纷回转头。老支书只是摆了摆手。

柱子是老支书的儿子，刚从东方红农中毕业，他是当时村子里唯一的高中生。公社教育组派不出老师，柱子便做了临时民办教师。在老支书的支持下，我顶替了柱子，又成了村子里唯一的老师。

行柱子依然常来学校，农闲的时候还帮我做做饭。柱子还很爱学习，常常拿着书问这问那。我索性拿出自己的书，文学的、哲学的，甚至帮他补习起数理化来。我知道，那个时代的农中，每天除了劳动和政治学习外并不上课，农中毕业的柱子其实也就是个高小水平。

柱子很聪明，学得很快。任意从高中课本中找出一个问题，基本上难不倒他。我很欣赏柱子的进步，然而那时我更赏识的却是他从家中带来的地瓜饼子。大队每天平均只能提供三两的口粮，每天放学后，我便去山里挖野菜。柱子有时也找来双喜等小孩，帮我挖点野菜。我基本上没有挨饿，只是由于缺粮，脸上呈现着菜青色。于是柱子常常给我带来地瓜饼子。柱子家人口多，也不够吃的。老支书说，我们庄户人抗饿，给那诗人送点吧，人家费心教咱村里的娃呢。

我虽然是个走资派，但在村子里并没有受到冲击。用老支书的话说，我教着村里的娃呢！我又做起我的学问，从孔子、老庄到荷马史诗，从托尔斯泰到我们国家的鲁迅、郭沫若，我都做了细致的研究。我偶尔还写点诗，柱子则是我最忠实的读者。我有时很感动，在这个小山村里我竟然有柱子这样一个知音。

我优哉游哉地在牟山村做着民办教师，却似乎早已被村外的社会遗忘，直到我被允许重新回到我曾经执教的大学的那一年。柱子自然又成了村里的民办教师，柱子又一次实现了他做老师的愿望。我敢保证，这时的柱子绝对胜任小学教育，是一个合格的民办教师。

大约是 1977 年的某天，我接到柱子的来信，说是也想准备参加高考，希望我能给他借一点复习资料。柱子的水平是没说的，我给他寄去了很多一流的复习资料。恢复高考，对每一位学子都可以说是莫大的机遇，怎好轻易错过？

至此，我再没听到过柱子的音信。我猜想，柱子一定考上了大学。

岁月的长河，使我的两鬓渐渐斑白，往日的记忆却愈加深刻。我愈加思念柱子了。翻阅学生名单时，猛然发现我所带的新入学的研究生里，竟有一个叫双喜的。我把他叫进了办公室。

真的是双喜，已到而立之年的双喜。从他那里得到的消息，令我喜忧参半。柱子考上了大学，但没有去上。村子里没有老师，他怎肯撇下那些孩子？双喜既是柱子的学生，又曾是柱子的同事。如今双喜又考上了研究生，柱子也转了正，并且是县教育系统上的骨干教师呢！

玉儿

玉儿结婚已有年头，丈夫在某公司里做普通职员，孩子刚上中学并且学习不错。但玉儿对她的生活并不满意，总觉着她的生活应该更好些。这天她来我家串门，一见面就唠叨开了。

“说起俺老公，俺就气不打一处来，人都该求上进吧，可是他工作这么多年了，要钱没钱，要势没势，屁大的官职没混上，你说俺老公是不是有点窝囊？其实，更可气的还不止这些。俺那老公是个死脑筋，拍马溜须的事不会做，好处一点沾不着；脑子里没有生意经，口袋里没有多余的钱。你又笑俺了不是，人往高处走，水往低处流，这才是正理。你看俺单位里的女同志，人家用的是什么化妆品？财会科的李姐，一套化妆品就两千多元。你那口子不是当局长吗？看你这身衣服，啧啧！谁靠得不是男人有出息！”

“俺俩是不是出现了感情危机？当初俺俩结婚时，老公可不是现在这个样子，那时他对俺既温柔又体贴。每天下班时他总来接俺，回到家又忙前忙后地做家务，让俺舒服得没法说。可现在呢，孩子的学习总是俺辅导，每天的烧饭洗衣都要等俺来做。他下班回来，总是正好赶上吃饭。俺就不明白，当年他谈恋爱时的热情哪里去了，怎么就不知道替俺做点家务？结婚是爱情的坟墓，真的是至理名言呀！我知道他公司工作任务重，他每天有很多事情要做，可是温柔体贴的话也不会说了吗？他除了爱听俺唠叨，就几乎没有什么优点！”

“你老公的确太不像话，是有点欠修理，说什么平安是福，那才没道理呢！”我故意一脸严肃地说，“要不要我教你点办法？”

玉儿怔怔地看着我。

“这个——就算了吧！”

大约过了两个月或者三个月，玉儿的老公由公司一般职员提拔成部门经理。然而玉儿却并没有显示出多高兴，来我家串门时依旧唠唠叨叨。

"俺家那位实在成不了气候，才做了个部门经理，就被几条大中华香烟吓得一夜未合眼，这不，还让俺给人家送回去了呢！你说能出什么乱子，不就是几条香烟吗？与领导搞好关系能算巴结？谁不是为了吃和穿！就俺老公这胸怀，就俺老公这胆量，能干什么大事？"

我接过了她的话题："是呀，为什么不收呢，不受贿怎能改善自己的经济状况？听说他们公司老总还包了个二奶，男人有钱就变坏——"

玉儿瞪大了眼睛，想说什么却闭上了嘴巴。

两个月后，玉儿搬了新家，去了东城区一个环境优美的小区。

在一个周末的下午，我在华联超市碰到了玉儿。此时我才想起，其实我们已经好长时间没有见面，我也好长时间没有听过她唠叨了。

玉儿变得忧心忡忡。

"如今俺老公的公司总经理被双规了，据说有重大的贪污行为，要判刑呢！俺老公多次被公安局叫去问话，弄得俺心里也挺烦。昨晚竟有个女人把电话打到家里，说是办公室的秘书，通知他公司里有事。公司里能有什么事？为什么是女秘书？为什么晚上打电话？我们可以这样猜想，俺老公挪用了公司的钱，把钱用在了那个骚狐狸身上，然后被公安机关查了出来。男人有钱就变坏。俺知道你说的是玩笑话，不知为什么俺对老公忽然没有了信心。谁知他现在还爱不爱听俺唠叨？如果真是这样，俺这个家不就毁了吗？"

玉儿和她老公的事让我也很担心，社会在变革，人也在变化，我真的不敢为玉儿保证什么。于是，我在晚上又打过电话去。

玉儿在电话那头激动得要命。

"公司的事已经查清了，没俺老公啥事！检察院已经起诉了那个总经理。咱那天说的女秘书，与俺老公还真没事，那女秘书是刚毕业的大学生，上班才一个星期。你说得对，平安就是福，要那么多钱做什么呢！"

玉儿虽然爱唠叨，却是个好人，她的事终于让我放心了。

有一天，玉儿竟然坐了十多里的公交车来我家串门。玉儿一进门我就看出了她眉梢上的喜悦。

"俺老公刚做公司副总就接了个大生意，如今去日本考察了。平日里给他爷俩做吃做喝成习惯了，乍走了这么一位，我心里还真空落落的。”

我故意收敛了笑容。

“去日本考察了？日本花姑娘大大的有！”

玉儿瞟了我一眼，抬起手装作要打的样子。

“去日本怎么了？我的老公我知道，日本花姑娘的唠叨他能听懂吗？”

老李的手指

老李往仓库搬运木箱时，手指不知怎么受了伤。直到一位同事尖叫了一声时，他才注意到自己的右手食指已经是鲜血淋漓。他先去了医疗室，对手指作了简单的处理，然后又回到了繁忙的岗位上。老李伤心极了，他心疼自己的手指呀，自己这半辈子了，都对它爱护有加，怎么竟然受了伤呢？他逢人便伸出那修长的手指：这手指绝对是弹钢琴的手指。一位大学的教授就这样夸奖过他的手指。

这根食指好像在报复他，整日地疼痛不已，似乎没有一丝好转的意思。老李有点绝望了。每当手指疼起来的时候，他的脑袋也常常伴随着疼痛，疼得他满头是汗。

老李决定去看医生，不管如何，自己绝不能再对不起这手指。他老婆也很担心，谁知这是什么要命毛病呢？于是跟着老李到了市里最好的医院，一定要给他查个彻底。

老李挂了专家门诊。医生先询问了他受伤的经过和用药的情况，看着久久未愈的伤口摇了摇头，然后又轻轻转动他的脑袋。医生说：

“做个彩超吧。”

从医院出来，老婆提了一大包的药，跟在后面不断地与他说笑。

“看了专家，你就放心了吧，医生说吃完这药就好了呢。”

老李依然忧心忡忡，不住地叹气、摇头：“庸医，庸医，不过是白花钱罢。”

把医生开的药全部吃掉后，伤口虽然已愈合，手指却依然疼痛，脑袋也疼得更加厉害。于是，他提出去看中医，他的老家就有一位有名的老中医。他对祖国的中医还是很信服的。

老中医看了看他曾经受伤的手指，接着便给他把脉。过了许久，老中医淡淡地说：“体质太弱了，多注意锻炼，不要有太多思想负担。”

老中医没有给开药，给二人摆了摆手，又招呼别的病人去了。

老中医的话让他心神不宁，心里直犯嘀咕：不要有思想负担，难道有病应该兴高采烈吗？自己一个文人、天才的艺术家，如果有时间和兴趣去锻炼，兴许会成为一名体育明星呢。

事实正如老李所料，这根手指并没有因他早起锻炼而有更大的改变，脑袋也越发疼痛、昏沉。他的心情也因此更加沉重。

于是老李向科长请了长假，他不想让自己这条老命因为这根食指而丢掉。可是请假在家的他更加烦闷，老婆几次让他陪着上街他都不干：“你看我这手指，我怎么能有心情上街？”

好在他有看书的习惯，看书看累了就去擦拭自己心爱的钢琴，这钢琴是他们结婚十周年时买的。每日纷繁的杂务使得他再没时间弹琴；可是他喜爱艺术呀，空闲时他总是叹息着擦拭。如今再也不能弹琴了，这食指什么时候能好呢？

有一天，老婆领来了一个陌生的男人，说是她中学时的同学，在一个大城市里做医生。老婆的中学同学，老李当然表现得更热情一些。老李要打电话去饭店定酒席，客人却说自己是路过坐不住的。

客人细细地打量着老李，笑着说：“老李呀，你可真得有些见老了。”

老李皱了皱眉：“我还不到五十呢！”

客人又说：“是呀，我早听老同学说过，还说你的钢琴弹得不错，如果不是俗事的耽误，说不定会成为艺术家呢！”

老李很感慨，就如同遇到了知音，与客人谈起自己的经历。

客人很惊讶并不住地赞叹：“老李不只是艺术家，那双手做什么都挺巧妙呀！不过，你也有缺点，不太爱交往，工作压力大，又不会自己调节，让您的心变老了呢！”

老婆也在一旁帮腔：“老同学一直羡慕你的艺术，我也多年没听你弹钢琴了，何不给我们弹上一曲。”

老李兴致也很高，立刻坐到钢琴前，弹起了贝多芬的《月光曲》。月光如水，三人全都沉醉在优美的乐曲中。

客人走时，月光洒满了老李的额头。

老婆问到：“你那食指还疼吗？”

老李此时才想起那受伤的手指，弹了这么长时间的钢琴，手指怎么竟然没有疼呢？

第二天老李就去上班了，在单位里有说有笑的，回到家里也如同变了一个人。曾经受伤的食指竟然没有再疼过，脑袋也不再疼痛、晕沉。

有一日，老李忽然想起了老婆的那位中学同学。夫妻这么多年了，老婆怎么忽然冒出来这么一位中学同学？时下婚外恋盛行，难道老婆——

“什么中学同学？”正在做饭的老婆愣了，“哪有什么中学同学，那是我找的心理医生！”

同事老李

从老张的病房出来后，老李就一脸的凝重。这令我很是疑惑。按理说，老张病倒了且得了不治之症，再也没人争办公室主任了，老李应该高兴才是，怎么无端地弄出了这样一副神情？

回到乡党政办公室，老李终于叹了一口气：“唉，争什么争，有什么比活着更重要！”然后，老李又缩紧了眉头。

我到底还是不明白：他到底是真为老张伤感，还是装出来的？就算是他对老张起了同情之心，也没必要伤心得如此认真吧？

后来，老李的老婆很快也看出了问题：“俺家老李怎么了，怎么整天一副苦大仇深的样子？”

不久，老李被提为办公室主任，我则接替了他原来的位置。老李比以前工作更认真了，一天到晚坐在办公室里，几乎包揽了所有的文字材料。这令我和几个同事很担心。老李的老婆更担心。我们几乎一致认定，老李反常的情绪绝不是因为老张，老李心里可能隐藏着很重的心事。

几个月后，老李的女儿过生日。我们几个同事都去了他家。老李在一品香大酒店摆了丰盛的一桌。酒过三巡之后，老李的话自然多了：

“现在的孩子真幸福呀，有这么多人关爱，可我小时候，家里吃的都不够，谁记得过什么生日呢！”

我和几个同事点头称是，老李的老婆也说是。宴会进入了高潮。

私下里，我满嘴酒气地对老李的老婆说：

“嫂子，看来，你们家老李真的是有心事，这心事还不是一般的心事。这问题出在你们家里，对老李太缺少关爱了。就算你看过老李的身份证，你能说出他的生日来吗？身份证上的出生日期就准吗？就算你家老太太，老李的亲妈，说不定也忘得一干二净了。你说，老李的心情怎么能好？”

老李的老婆吓出了一身冷汗。老李是家里的顶梁柱，上有年迈的父母，下有幼小的女儿，出了问题可真不好办！于是接下来的日子，老李的老婆便动开了脑筋。她向婆婆打电话，询问老李准确的生辰，还向众亲友打电话，征求各方面的建议。老李家几乎全动员起来了。

老李似乎并没有察觉妻子的忙碌。他依旧是每日早出晚归，一心扑在工作上。回到家，草草地吃点饭，然后倒头大睡。老李的老婆也因此更担心了，便又来问我。

我便宽慰她：“乡里各种会开得频繁，老李一天到晚地写材料，有时还要陪着书记或乡长去村里调研，的确是忙呀！你也不必担心，也许我们以前的怀疑是多余的。”

老李的老婆眼里泪汪汪的，嘱咐我一定要注意老李的状况，千万别出什么事！

一个漫天飞雪的冬日，我去县里办点事，碰到了在组织部工作的一个朋友。朋友告诉我，老李工作能力强，组织上决定提老李当副乡长。不日，将对老李进行组织考察。

当我把这个喜讯告诉老李的老婆时，老李的老婆立刻傻了。

“我倒不希望他做什么乡长，能平平安安就好。虽然他一直有这个愿望，可是他脆弱的心理，我真恐‘范进中举’的悲剧再现呀！”

老李老婆的一番话，使我心里也凉飕飕的。我安慰她说：

“事情也许并没有你想得那么严重，老李的病根是家庭的关爱，过完生日就好了。”

老李的生日终于到了。老李年迈的父母被接来了，老李的所有亲友都来了。我则邀齐了所有的同事。老李的生日宴会可谓壮观。

老李颇高兴，与众亲朋推杯换盏，宴会气氛热闹到了极致。老李的眉头舒展开了，久违的笑重新回到了他的脸上。老李的老婆也很高兴，不断地向大家劝酒。后来有人提议唱卡拉 OK，老李立即响应，并第一个拿起了话筒，给大家献上了一曲《祝酒歌》。老李的歌唱得真是绝了，绝对的时值准确，嗓音浑厚。一曲唱毕，大家掌声不断。

后来，老李又频频端起酒杯，老李的老婆也频频端起了酒杯……

我似乎喝多了，大脑一阵阵地迷糊。老李打的把我送回了家。路上，老李一直还沉醉在宴会的兴奋中，他趴在我的耳边说：

“兄弟，知道吗，这段时间，我心里并不轻松。老张病了，不治之症呀！他与我同岁，才四十挂零。人生能有几个四十年？我们怎能每天过得糊糊涂涂？记得一本书里说过：人最宝贵的是生命。它给予我们只有一次。人的一生应当这样度过：当他回首往事时不因虚度年华而懊悔，也不因碌碌无为而羞愧。这样在他临死的时候就能够说……”

这是保尔的话，我记得清清楚楚。这一阵我是清醒的。

猎枪对准了尾骨

他又一次回到在牟山的老家。

他最近心情很糟，原因是他身体的某个部位感觉不适，那个部位又不好意思去看医生。妻子提醒他，能不能去老家，问问爷爷山里有没有土方？看你这尾骨越来越突出，似乎要长出尾巴来。

来到牟山，他却不敢告诉年迈的爷爷。爷爷是个老猎人，最见不得带尾巴的东西。爷爷的猎枪挂在屋墙上，猎枪上的寒光竟然让他打了个寒噤。

吃完爷爷炖的野兔肉，他就睡下了。野兔肉让他想起了好多往事。爷爷靠打猎供他考上了大学。他曾把爷爷打的一张上好的狐狸皮送给了当年的科长，后来他也当了科长。他小时常随爷爷打猎，懂得猎物的习性，如今他快要当局长了，为了当局长他把科里所有的人都当成了猎物。

他在爷爷屋里始终睡不踏实，他忽然觉得他有些像贪婪的狼，硬硬的、突出的尾部，只有狼才能长那东西。他实在太怕了，爷爷的猎枪在墙上闪着寒光。

他不知道后来是睡着了，还是醒着。他突然发现爷爷的猎枪自己动了起来，枪口对准了他的尾骨……

玲　儿

我忽然记起了玲儿三十多年前唱的一首歌：

“湛蓝蓝的天，青翠翠的山；酸溜溜的红石榴，甜丝丝的地瓜干；唉——嗨——嗨，黄橙橙的玉米装满了囤，香喷喷的白馍馍在嘴边……”

玲儿比我大十多岁，没上过学，却会自编自唱山歌。村里人喜欢听她唱歌，我们小孩子也喜欢。

有一次，我问她：“玲儿姑，我们真的有一天能吃上白馍馍吗？”在我的印象里，山上的石榴属于生产队，上好的地瓜干只能用于待客，从队里领回的玉米从来没装满过囤，吃白馍馍也从来只是幻想。

玲儿笑道：“当然，——白馍馍不好吃吗？”

从此，我更加喜欢玲儿。玲儿的歌声，寄托着我们小孩子渺茫的希望。

一个夏日的早上，我跟奶奶去东山坡翻地瓜秧子，猛然间听到山坡上又传来山歌调子。

“麻雀乱飞在田间，山鹰展翅在蓝天。山风回荡在山谷里，清清的溪水流向山的那一边。唉——嗨——嗨，妹子翘首在山坡上，哥哥当兵在边防……”

是玲儿站在霞光里，对着太阳升起的地方在唱。

我听不懂，于是问奶奶：“玲儿姑这是唱的啥？”

奶奶敲了一下我的头：“玲儿有心上人了，跟柱那傻小子真有福气！”

我明白了奶奶的意思。玲儿的歌声里透着忧伤，是那个刚去海边当兵的跟柱把她的心偷走了。可是，玲儿怎么会喜欢那个傻乎乎的跟柱？跟柱对玲儿施了什么妖法，用了什么诡计？跟柱已去当兵了，既看不见她的大辫子，也看不见她的蓝布印花棉袄，玲儿为什么还收拾得那么精神呢？我很难过，对跟柱充满了憎恨。往日农闲时，玲儿常领着我们几个邻居小孩玩，是我们最铁的“哥们儿”。跟柱却把她从我们身边夺走了。

在我刚上小学时，玲儿出嫁了。不过，她不是嫁给了跟柱，而是嫁给了邻村的二蛋。跟柱在部队提干了，不回家了，于是与玲儿断了关系。我记得跟柱与她断了关系的一段日子里，她没有哭，只是不再唱山歌。我们都很着急，她要是能哭出来多好，她若是像往常一样唱唱山歌多好呀。玲儿不再唱歌的样子是那样让人心疼。后来，有人提亲了，是二蛋爹托人提的。二蛋家的成分不好，并且二蛋比玲儿大八岁。对这门亲事，二蛋爹没报太大的希望，没有想到，玲儿竟然一下子答应了。

后来，玲儿有了孩子。玲儿又唱歌了，她甚至已经懂得用歌声教育她的孩子了。

“东山的果子要熟了，西坡的玉米要收了；二蛋哥去广州打工了，俺玲儿把家里的活计全包了；唉——嗨——嗨，幸福的日子不会从天降……”

我上中学时，她已经有了四个孩子，一个人在家种了十多亩责任田。她似乎从不知疲倦，从来不知道什么是累和苦。每当遇见玲儿，我总能听到她的歌声，看到她的笑容。玲儿总是一副对生活充满希望的神情。从她的歌声中，我听出她是幸福的。

我考上大学那年，全村轰动了。玲儿也捎来口信说，在我上学走时，她要来送我。我感动得不得了，一个大字不识的玲儿，竟然如此看重我。临上学走那天，直到太阳已经升起很高，却没见到玲儿的身影。

爹说，玲儿一定被什么大事耽搁了。

爹把我送上了大路。当我坐上客车时，却听到了从远处山冈上传来的歌声：

“黄澄澄的大豆，白花花的棉；绿油油的麦苗，铺在咱山坡上。人人都夸咱收成好，夸咱勤劳、能干又肯流血汗！哎——哎……”

我的泪流下来了，是玲儿来送我了。玲儿的愿望大着呢！

此后很长一段时间，我没再见过玲儿。听老家的邻居讲，玲儿把我当成了她孩子们的榜样，在她最艰难的日子里，从来没有想过让孩子们辍学。后来，她的四个孩子都考上了大学。玲儿虽然勤劳，却因此过得并不富裕。儿女们成家后，玲儿累出了一身的病。

不久前的一天，家里打来电话，说是玲儿中风了，就在我谋生的小城医院里。

我立刻来到了她所在的医院。

年迈的二蛋客气地给我让座。玲儿的四个孩子，都站在病床边，全是泪流满面的样子。

玲儿躺在病床上，嘴眼已经歪斜，一句话都说不出来。看到她这个样子，想到她穿着蓝布印花棉袄唱山歌的样子，我又落泪了，不由得哼起玲儿唱过的山歌：“湛蓝蓝的天，青翠翠的山；酸溜溜的石榴，甜丝丝的地瓜干；唉——嗨——嗨，黄橙橙的玉米装满了囤，香喷喷的白馍馍在嘴边……”

玲儿的嘴角竟然一动一动的，眼里含着泪花。

能人韩大山

韩大山是乡政府里出了名的能人。他会写诗，常有诗作在报刊上发表。他会修摩托车，哪位同事摩托车有了毛病，只要他在，很少用去修理铺。谁家的电脑有毛病了，他只需三下五除二，在你眼花缭乱中就搞定了。谁家需要打个烟筒，套个炉芯子，你只管找他就是了。与党政办的其他科员相比，他写的材料更合乎领导的口味。更重要的是，韩大山虽然长相一般，可是他用了不知怎样的法子，竟然把乡卫生院的“一枝花”小红娶到了家。这一点你不能不服。

但时间久了，同事们对韩大山的看法却在悄悄地发生改变。

韩大山工作已有些年头了，儿子已经上了幼儿园。与他一块儿参加工作的王海早已做了党政办副主任，那个才能平庸的小李也已经做了广播站站长。韩大山呢？却依然是个普通科员。于是同事们对他有了另外一种看法：在一些小事上，大山确实显示出了一些“小能”，可是在行政工作上，需要的是“大能”，他就显得力不从心了。

我与韩大山是隔墙的邻居，房子的隔音效果很差。这天傍晚，我听见小红对他说：“大山呀，还是你洗衣服吧，我不会用洗衣机。”

韩大山连忙说是，接着便听到了韩大山洗衣服的声音。

大概是衣服洗完的时候，我又听到小红说：“大山，饿死了，快做饭吧。”不一会儿，我便闻到了隔壁的菜香味。

我很感慨，小红真幸福，找了大山这么个好男人。后来，我了解到，小红并非不会做家务。小红说：“在这个社会上，你就是不能随便充能，你什么都能干，所有苦活累活就得由你做，结果怎么样，做好了工作就能得到提拔吗？整天搞那些没用的干啥？俺就是想让大山从洗衣服、做饭中参悟这个理。”

我忽然感觉韩大山很可悲，他竟然没有这个女人聪明。

然而后来，同事们又发现，韩大山所谓的“小能”竟真的在不知不觉中消失了。刚入冬时，小李站长家的煤炉火头不旺，韩大山替他打了烟筒，然后又重新套了炉芯子，效果竟然还不如先前。王海副主任家的电脑有了小毛病，把韩大山叫去了，他却搞了整整一个下午。最后，王海副主任还不得不请了他吃饭。

事后，王海副主任满嘴酒气地说：“就这种能人，有事能找他帮忙吗？”

我心里感觉怪怪的：韩大山终于开窍了，小红的工夫没有白搭。

记得一个雪后的傍晚，韩大山病了，正喝着中药。党政办接到任务，要为明天的会议给准备个讲话稿。因为要下班了，王海副主任对这个活有些犯愁。当时党政办的人都在，韩大山完全可以托辞。可是，他脑子里不知错了哪根筋，竟然把活揽了下来。韩大山熬了个通宿。稿子交到乡长手里时，上面还有中药味儿。

第二天会上，乡长作了重要讲话。虽然乡长讲得兴致勃勃，同事们却听得味同嚼蜡。这就是韩大山通宿写下的稿子呀，他这还爱写诗呢？简直笨死了！

不久，乡里调整了一批干部。韩大山被破格提为党政办公室主任，王海竟然在他的领导之下。这让同事们不由得惊讶，不知韩大山究竟用了什么法子。

乡长的一句话解开了大伙心中的疑团：“我们做农村工作，需要的是一种务实的精神。一个讲话稿，带病熬了个通宿，这是什么精神？”

同事们不由得叹服。韩大山这一点绝不算是“小能”，他全身都洋溢着能人味儿。

正当同事们对韩大山赞不绝口，他却不知哪里又错了一根筋，竟然在牟山街开了一家酒店。虽然酒店是他本家大哥照看着，他老婆小红偶尔去打理，可是人们心里都明镜似的，那其实就是韩大山的生意。他刚提上了党政办公室主任，下一步则有可能被提为副乡长。这样下去，他能过组织审查那一关吗？他岂不是在挖自己的墙角？韩大山真是俗人一个，才得到了一点甜头，就忘乎所以了，就马上把仅有的一点“小能”丢掉了。

小红对此却不以为然。“谁能说俺大山傻？俺大山从来没有打理过酒店的事，都是我和大哥打理，大山会犯什么错？俺大山说的也是，眼下没有钱能干什么事？”

第二年春天，韩大山被提为副乡长。

韩大山的酒店越来越红火。同事们不得不重新打量韩大山，感觉他真的找回了自己。

有一天，小红找到了我，让我帮她找个买家，把酒店盘出去。

我很愕然，问为什么。

小红喜滋滋的。“俺大山拿到调令了，要去某局做副局长，俺也快走了，去县人民医院。这酒店不盘掉怎么办？”

我忽然又有了一种想哭的感觉：韩大山真是个能人！

阿三同志

在单位里，阿三是大家公认的好同志。更为重要的是，他工作十多年了，领导换了一茬又一茬，所有的领导都认为他是个好同志。可是，在妻子眼里，他在家中既不是好儿子，也不是好丈夫，更不是好父亲，甚至可以说狗屁不是。妻子的数落成了家常便饭：某某人高升了，某某人被评为先进了，某某人发了大财，又买了多大面积的房子。他实在搞不明白，妻子为什么总盯着那些世俗的东西。每一个人都适合当官吗？满身铜臭气，就是人生所求吗？这样的老婆定然是世间少有，竟一下子被他撞上了。他有时甚至想到离婚，却始终没有这个胆量。

这天起床后，阿三发现他的耳朵出了问题。他看到，妻子先是怒色满面地张大嘴巴说着什么，而后又跑过来，满脸惊疑地摸了摸他的耳朵。妻子奇怪的动作让他感到了问题的严重性。妻子给他比划着，让他不要去上班了，应该去医院查一查。他有些恼恨妻子打手语的样子：

“比划什么，你当我是聋子还是哑巴？一点小毛病，怎能不去上班?”

阿三来到办公室后，其他同事也陆续到了。办公室李主任拿来了一份通知，然后给他指着说着。他点着头，拿起通知来凝神细看。李主任是让他起草一个关于安全问题的材料，要求明天必须上报。李主任把相关资料放在了他桌上，便与小王一块儿出发了。

直到傍晚，阿三才把材料写完。李主任还没回来。他看了看表，已到了下班时间，便把材料放在了李主任的办公桌上，回家了。

回到家后，妻子已做好了饭，并且还特意煮了两个他爱吃的菜。吃饭时，妻子絮絮叨叨地给他说这说那。过了好一会儿，妻子才想起他已经听不见了，于是又给他比划着去医院的事。阿三寒着脸摇了摇头，又继续吃饭了。

阿三真的不想去医院。听不见有听不见的好处，在以往，妻子不知又该如何数落他的无用了。耳朵聋了却也未必会影响工作，他今天不就完成了李主任布置的材料吗？鬼才愿意去医院呢！

第二天，阿三又照旧去上班了。李主任笑着给他说事，并把一个通知放在了他桌上。阿三边点头边看通知。李主任是让阿三替他到县政府参加一个会，并把昨天做好的材料送去。听会可不是个好差事，这个领导讲完，那个领导还要补充，让人听得心烦意乱。阿三原本不愿意去，可是他的耳朵不管用了，这个差事就不再算是苦差，于是点点头，坦然接受了。

县政府离他单位不远，他便骑上单车，去县政府听会了。

阿三还有一个感觉，自从耳聋后，他妻子的态度变了。从妻子的言谈动作上可以看出，她绝没再说过一些让他不快的话题。这让他一下子有了幸福感。他因此再次下定决心不去医院，不管妻子如何给他比划。他每天默默地上班下班，平静地度过了许多个日子。

一个刮着北风的下午，阿三骑上单车回家。快到家时，要路过一个十字路口。他骑得很快，心里想着事。一阵冷风使他打了个寒战，才发现一辆卡车正疾驰而来。慌乱中，他赶紧躲闪，一下子摔倒在路旁的草坪上。

司机下车后，赶紧拨通120，把他送进了医院。

阿三很幸运，只是被摔晕了，身体并无大碍。领导们都来看望他了，其他同事也来看望他了。李主任激动地抓住他的手，不停地晃动，然后又给他比划。他看得懂，李主任大概是说，他阿三一直是个好同志，需要好好休养。妻子也用手语告诉他，司机已经鸣笛，没有太大的责任。

耳聋的事所有人都知道了，阿三忽然有了想哭的感觉。

阿三被确诊为神经性耳聋。出院时，医生给他开了好多名贵的药。但他吃过后，听力却始终不见好转。他知道，他的耳聋，完全是长期情绪不佳所致，而心情不佳则是拜他妻子所赐。他也因此下了决心，只要她再跟他絮叨那些事，他就一定要她好看。

李主任不再派他出差，他总是留守办公室。文字方面的活他很在行，并且用不着耳朵，写材料便成了他的专职工作。

日子就这样不咸不淡地又过去了两个月。到了年终时，李主任又找到阿三。李主任给他比划着，又在纸上写了“表彰”两个字。他这才明白，要开年终表彰会了，并一定要他参加。他直想笑：李主任真滑稽，他阿三啥也听不见，岂不有凑热闹的嫌疑！

开会这天，阿三按时参加了会议。会开得很热烈，一把手讲完，二把手又讲，然后是三把手。他感觉这样的会议挺有意思，他阿三听不见，会却照样开得有声有色。大约又过了两个多小时，表彰开始了。主持人念到一个名字，则有一个领奖人走上台去，台下的人便鼓掌。阿三也鼓掌，手都拍疼了。念到最后一个名字时，阿三身后的小王捅了他一下。他看了看小王，又看了看周围热情的目光，才知道是让他上台领奖。此时，阿三感到浑身燥热，继而又神清气爽。猛然间，他听到主持人在讲："阿三同志，身残志坚，任劳任怨，这样的同志已经不多了！"

阿三站起身来，一股暖流顿时涌上了心头。

第七辑

胆气

初 恋

我们相识在“贴吧”上。我无法描述我的初恋，我们虽从未谋面，却心心相通。当她出现时，我可以想象到她的泪眼和忧伤；当我无法从对她的爱恋中自拔时，她却消失得无影无踪。

我是从张三那儿知道了“贴吧”这样一个去处的。和我对桌的王会计调走了，我常寂寞得难受。张三常到我们财务科来玩，陪我说会话，于是我们成了无话不谈的朋友。张三在质检科一干就是十多年，却至今是个排名最末的副科长。为此，他常感愤恨不已，愤恨之后又增添了一份沮丧。沮丧之后，他便给我谈“贴吧”上的事。直至我不断地为他叹息或困意难消时，他才肯摇着头离去。

一个无聊的周末，我忽然记起张三所说的“贴吧”。我轻轻地操作键盘找到了所谓的“贴吧”，并给自己注册了一个颇有诗意的网名——“小鱼儿”。一张名叫“背叛”的帖子吸引了我的眼球，作者是“黎明时分”。帖子痛斥了她男友的背叛，纯情的少女在大一时就以心相许，如今男友为了升官，泡上了某领导的女儿。她的遭遇引起了很多网友的同情，网友们纷纷跟帖，大骂其男友的感情不专，简直是当代的陈世美。我也跟了帖，我知道事已至此，骂是不解决问题的，关键的是如何面对，人还是要生存的，总不能沉迷于过去吧！我的跟帖博得了“黎明时分”的好感，她对我的跟帖表示感谢。

渐渐地，我和她熟了。她在线上时，我总是积极回帖。从不爱写作的我，竟然一下子想出了许多优美的词句，每个帖子都写得文采飞扬。不经意间，我心中滋长出一种相见恨晚的感觉。我常在梦中遇到她，似乎她总爱走在飘缈的雾中。每日“贴吧”的相见，成了我唯一的渴望。我给她留下了信息，希望能见她一面，我已经爱上了她。然而她却消失了，我的留言也没有任何的回音。

我不知道她那里发生了什么事，需要不需要我的帮忙。是她在对我考验吗？每逢闲暇，我依然到“贴吧”看一看。这时我才发现，其实去“贴吧”的人很多。网上的天空真自由，人人用的都是假名，不管说什么，没有谁知道你是谁，也没谁能把你怎样。但我从不轻易发帖，只是常常翻看网友的帖子。“贴吧”中不乏那种攻击别人的帖子，让人感觉很是无聊。渐渐地，我看得有些厌烦了。不过，“贴吧”依然是我常去的地方，因为也许只有在那里，才有可能遇见“黎明时分”。

我不敢相信我的眼睛，“黎明时分”竟然又上线了。她迅速地贴上了一条帖子——“卑鄙者的通行证”。帖子里有一张照片，照片里的人只是一个背影，很模糊的，下面的注上了一句话：送礼刚上夜影时。

我的“黎明时分”又出现了，我不知该如何倾诉我的思念。她很快也发现了我，礼貌地给我打招呼。

我于是跟帖问道：“那个背影是谁？”

“俺科的副科长，说是在杏花街遛街呢，可是，谁不知道局长住在杏花街小区？这不凑着夜影，呵呵，被我拍了个正着。”

“为什么？”我一头雾水。

“俺科长要调走，找局长帮忙扶正呗！”黎明时分竟然显得激动。

“这样做似乎不好哩！”我很是担心，出了一身的汗。

接着又有几个网友跟了帖，言语激烈地大骂腐败。

我愣在那里，不知该对她再说些什么。她似乎没有注意我的情绪变化，鼓励我继续发帖。

这是我的“黎明时分”吗？是不是被别人穿了马甲？我借故有事，下线了。

时隔不久，张三被任命为质检科的科长。张三来我办公室的次数也少了，可能是因为刚升了科长很忙吧。有时见到张三，他总是匆忙地寒暄几句，然后脸色严肃地离开了。寂寞中，我痛苦地发现，“黎明时分”又一次消失得无影无踪了。

雨后的一个下午，我正准备下班，电话铃响了。我赶忙拿起电话。局长的声音传了过来：“焦河上新建的大桥坍塌了，我正赶往事故现场。你看看张科长在不在，他的电话怎么关机了?”

我慌忙推开质检科的门。张三科长坐在电脑桌旁，正神情专注地写着帖子：我爱“小鱼儿”……

我张大了嘴巴：天哪，我的初恋，“黎明时分”是张三科长的马甲！

胆气

张三有一个冷库，常年做大蒜生意。王二是村里的信贷员，与张三是多年的朋友。这天，张三找到王二，让他帮忙贷款。王二却不乐意：“今年的大蒜死贱！贷一百万元，你可真是个‘傻大胆’。”王二说的是实情，今年蒜菜的行市并不好，再大量收购大蒜能有好结果吗？

“我开始发家的时候，你在干啥？我称百万的时候，你有几个钱？就你摆弄的这个废品收购站，哼——哼！”张三气得脑子有些发昏，“说我‘傻大胆’，记得那年去上学，是谁在鬼母林被吓得尿了裤子？”

张三这话，还要从三十多年前说起。那年，张三与王二、李四一块考上了镇中学。星期天回校时，李四提议走最近的鬼母林。张三立即表示赞同。鬼母林里种满了柏树，阴森森的树林中布满了大大小小的坟头。走到鬼母林中央时，王二吓哭了，尿湿了裤子。李四把王二背回了家，张三便等在树林里。李四回来后，二人才沿着林中小路回校了。张三和李四的那身胆气，自然是受到了人们的称赞，还落下了“大胆”的绰号。王二尿裤子的事也被人们讲了好多年。

王二气得脸色蜡黄。王二在贷款问题上没少帮他，两人都是近五十的人了，咋还提那尿裤子的事呢？

“就你大胆，你怎不比人家李大胆，人家李四当了 S 局的局长呢！你不就搞了个臭冷库吗？想想小时候，你去西山果园偷苹果的事吧，你还不是被于老头儿逮了个正着——”

王二似乎意识到了什么，又打住了话头。王二说的依然是往事：张三终于挣脱了于老头儿的两只手，抓起两个掉在地上的几个苹果便跑了。王二与李四吃着张三偷出的苹果，赞不绝口。张三抓了一把土，胡乱地敷在了血迹淋淋的额头上。张三张大胆的名声更响了。

“这话你也说得出口，不是存心恶心我吗？不想帮忙贷款也就是了，你以为我就没啥办法了？非求你不可了！”张三憋红了脸，尿裤子与去果园里偷苹果是两码事，偷苹果比尿裤子更让人没面子。

王二也火了：“信用社不是咱家的，俺也只是个农民信贷员，大蒜行情这么差，赔了怎么办？今年比不得往年，信用社又有了新章法，还要吃财政的作担保，你找得到担保人吗？咱村里就做局长的李四一人吃财政，他敢为你这破生意担保吗？”

张三的手指几乎戳到了王二的鼻子上：“李四怎么不敢为我担保？有道是杀人偿命，欠债还钱，我贷款会不还吗？他怕我什么？还不是你怕了！”

从王二家出来后，张三生了很长时间的气。可是，周转资金不足确是实情，怎么办呢？张三打通了李四的电话，把他的事给李四说了个明白。李四呵呵地笑着，明确地说：“坚决支持你的贷款，一定给你担保，王二那头也包在我身上。”

第二天，王二主动找到了张三。仅一周的时间，王二把张三的一百万落实了。临了，王二感慨地说：“李四还真有这胆气，怎么就敢给你担保呢?!”

张三撇了撇嘴：“谁像你，咱是胸怀坦荡的人，可怕吗？咱怕谁，谁怕咱?”

张三真的不是那种小气人。闲暇时依然来王二家，似乎二人并不曾口角。王二便弄上俩菜，两人一边品酒，一边闲扯。

年终，大蒜忽然提价，市场上大蒜紧俏起来。张三依然忙里偷闲地来王二家喝酒。王二总是喝红了脸，“大胆、大胆”地叫个不停。

一天，张三又来到王二家中。喝罢酒，他便帮着王二整理废纸。一张月前的旧报，吸引了二人的眼球：据公安机关侦破，李四涉嫌贪污受贿，数额达一千多万元，现已被移送检察院……

送废品的几个小贩，也谈起了李四的事儿。小贩说：“据小道消息，李四现在精神已经不很正常，每次提审结束，他总会再次叫住公安人员：报告政府，我又想起了一件事。李四不是叫李大胆吗？怎么如此没有胆气？”

张三打了个冷颤。王二喃喃地说：“这才是傻大胆呀，他那身胆气呢！”

草 草

我曾一直认为，在伞山村没有谁比我更了解草草了。她想做什么，她要做什么，我总能最早看出。记得一天早上，草草到我家来了，说是找我做作业。她一会儿帮我父亲收拾干柴，一会儿又去厨房帮我母亲烧火。我看穿了她的鬼心眼，一定是她的奶奶不在家，或者奶奶还没有做饭。做好饭时，我母亲问她有没有吃饭，她说了实话，奶奶去亲戚家借粮了。于是，母亲盛了热乎乎的饭，端到她跟前。后来我发现，草草在好多邻居家吃过饭，似乎没有谁注意过她的鬼心眼。我很疑惑，大人们为什么竟如此容易被她蒙蔽?

草草总是第一个来到学校。来到学校后，她先打扫卫生，然后坐下来读书。我想，她大约是想以此来获得同学的好感或老师的表扬罢。事实也正如此，同学们很喜欢她，从家里带来的花生或其他野果都肯送给她。老师们也都表扬她，常常把一个本子或一支铅笔送给她。虽然我不太喜欢她，却因此从来不忍揭穿她，常从家里偷了母亲做的窝窝头送她。我知道她饿，她最需要我的窝窝头。草草还算有良心，她常给我补课，让我的成绩还说得过去。

我从不当面或者背后笑话草草。母亲告诉我，她未满周岁时母亲就病死了，她的父亲曾是俺队的生产队长，在“邹西会战”时，死在了白马河工地上。草草与年迈的奶奶相依为命。

在我俩考入伞山联中之后，老校长就对草草报以厚望。草草的成绩好，学习又刻苦，是学校考入重点中学的苗子。考入一个重点生，会给我们学校带来很大的荣誉，会给伞山带来很大的荣誉。可是，我知道，草草不会去考重点中学，也不会给伞山带来一丁点荣誉。草草给我说过，她的最大愿望是考个中专，考上中专就等于拿到了铁饭碗，拿到了铁饭碗就可以吃饱饭，就可以让奶奶跟她享福了。我理解草草的想法。草草说得对，有了铁饭碗就什么也不怕了。我不否定草草有着远大的理想，她也许曾想去上高中、考大学，可是那个梦太遥远，对她来说是最不实际的。如果她考重点高中，三年的高中她将怎么生活？老校长常找她谈话，给她鼓劲，引导她考重点高中。天哪，老校长并不了解草草的鬼心事，草草其实正较着劲，偷偷把目标定在了考中专上。

在初三的最后阶段，老校长走进了伞山村。他给草草的奶奶说，不读重点高中可惜了；他给伞山的老支书说，草草是考大学的料啊。草草奶奶落泪了。老支书咬紧了牙关，就上高中，伞山村男女老少砸锅卖铁，也供草草读高中，上大学。我完全低估了草草。那段时间，我曾怀疑过我的判断，怀疑草草给我说了谎。草草似乎就是聊斋里的鬼狐，迷惑了奶奶，迷惑了老校长，迷惑了伞山的父老乡亲。

暑假里，草草的奶奶病了，我和草草一块去采草药。草草告诉我，她真的不想上高中，现在各家的日子都难，谁家有多余的钱粮供她去县城上高中呢？她的奶奶谁来照顾？可是现在，她却不知道如何是好了。此时，我相信草草说的是真的。这就是草草的现实，草草依然没有超出我的认识。

一个雨天的下午，我约草草去学校拿通知书。草草淡淡地摇摇头，奶奶的病还没好，奶奶想吃鱼，她打算到伞山后面的水库里去抓。我只好一个人去了学校。我拿到了两张通知书。一张是高中录取通知书，草草果然没有辜负大家的期望；一张是我的通知书，我考上了某个师范学校。我实现了草草梦寐以求的梦想，找到了一个铁饭碗儿。我飞似的跑在雨里，我要把这喜讯告诉草草，我们的努力都有了结果。虽然考上高中并非草草所愿，可是草草给我们学校带来了莫大的荣誉，给我们伞山带来了莫大的荣誉，她应该高兴才是。况且，老校长说过，草草是考大学的料。老支书也说过，砸锅卖铁也要供草草上高中、考大学，草草有什么可忧虑的呢？草草应该想到，我可以从自己的生活费里做点结余，我们伞山的父老乡亲都可以勒紧裤腰带，只要草草肯努力地去做。

跑到草草家时，草草家围满了众乡邻。草草躺在屋子中间的一个草席上，全身湿漉漉的。草草死了。草草抓鱼时，被急湍的洪水冲到了伞山水库里。

老支书让人拿来一张新草席，把草草包了。草草的奶奶哭哑了嗓子。

草草的这个结局，我没有料到。我把两张通知书放进了草席里，草草的头旁。

我的地瓜煎饼

接到大哥的电话，我立刻去了车站。天刚黑下来的时候，我就看见侄儿从车站口走出来，后面还跟着几个邻居家的孩子。我叫了出租车。

到家时，妻子已做好了饭，女儿也围着几个从未见过面的大哥哥说个不停。侄儿给我带来了一大包地瓜煎饼，并告诉我他们几个都辍了学，准备进城打工。

我知道，细心的老母亲又惦记着我了，思绪也飞回到二十多年前的那个冬天……

傍晚时分，我帮父亲又背了一捆地瓜秧。

母亲说："再不走，上晚自习就要迟到了，走吧！"母亲把叠好的地瓜煎饼包了大大的一包。

我解开包袱："带这么多干啥！路这么难走，也太沉了！"我并不是背不动这点煎饼。地瓜煎饼并不是父母的主食，每天的地瓜饼子里，其实要掺进好多地瓜秧子面。我的心在流泪，面黄肌瘦的姐姐哥哥，让我抬不起头来。可是，我这不争气的肚皮，每天还是感到很饿，饭量增长得近乎疯狂。

"山路上还有雪，我送送你，正吃壮饭的时候呢！"父亲磕了磕烟锅。

我只好由着父亲，踏上了回学校的路。

冬天的夜色似乎来得很匆忙，我和父亲刚爬上铺满积雪的山顶，天就黑了下来。父亲说，"下了山坡走大路，大路好走些"。

"放心，你赶紧回吧！"我接过煎饼包，慢慢地走下山去。

当我走出很远，却听到父亲大声喊道，"慢慢走，背好煎饼。"父亲不是担心山路崎岖，山里的孩子走惯了山路，有什么可担心的呢！父亲知道我自幼胆小，是为我壮胆吧。

“放心吧，好着哪!”，我大声地应答着，给自己壮着胆子。

“慢慢走，背好煎饼!”父亲的呼喊声一次次传来，我一次次地大声回应着。

走到大路上，我回转头。在夜色中的山顶上，父亲的烟锅一闪一闪，却再也听不到他的呼喊声。

此时，我忽然有了一个大胆的决定：走小路。大路平坦，还有行色匆匆的路人，可是大路要走四里多；小路崎岖，要走过一个荒草连天的大山沟，可离学校却有一里之遥。

我为这个聪明的决定高兴了好一会儿。可是，当我走进了大山沟，却立即又后悔起来。我听过很多故事，都与这个山沟有关。王二黑的部队，在这里曾与日军展开过一场激战。听老人们讲，死的人几乎铺满了这个山沟，有鬼子也有八路和民兵，全部埋在了这沟底。解放前，高家村的二娃子，羊石山张老申，全被郭槐德的还乡团活埋在这里。据说二娃子还被放了“血雷子”（当人被埋到胸部，血被挤压到头顶，敌人用刺刀刺向头部）。我感觉身后凉飕飕的。已经走过了这多路，再爬过前面那个山沟，就快要到学校了。

沟坡上满是积雪。当我快要爬上对面沟坡时，煎饼包却从肩上滑了下去。无奈，我便慢慢滑向沟底。在我又一次要爬上去时，却因沟坡上厚厚的积雪又滑了下来。我忽然内心充满了恐惧，似乎看见了一群张牙舞爪的鬼子向我走来；二娃子满脸是血。

回望远远的山顶，再也看不到父亲那一闪一闪的烟锅。我害怕极了，大声地咳嗽着，以证明自己并不太害怕。我用手摸了摸背上的地瓜煎饼，似乎看见了母亲那双忧郁的眼睛，又似乎看见了父亲一闪一闪的烟锅。恐惧渐渐被甩到了脑后，我又重新爬向沟坡。

当我爬上沟坡，回望深深的山沟，我忽然佩服起自己的勇气。一向胆小的我，何以变得如此勇敢？我虽然还并不明白，但此时已看见了学校的灯光，我的心情一下子欢快起来了。我顾不得擦去身上的泥土，飞快地向学校跑去……

听完这段地瓜煎饼的故事，孩子们都惊奇地睁大了眼睛。

我笑着问他们：“你们知道我吃过的地瓜煎饼有多少吗？告诉你们，如果从咱们村口一个一个地铺起，也可以排到咱县城。”

孩子们依然睁大了眼睛，他们无法相信我这个大年纪的人所讲的故事。我没有问孩子们为什么不上学，我知道母亲让侄儿给我带来地瓜煎饼的用意。

“孩子们，你们知道我为什么喜欢吃地瓜煎饼吗？我背着地瓜煎饼在咱镇子里上完了初中，又背着煎饼从山里走向了县城中学，我的大学之路是用煎饼铺出来的。地瓜煎饼铸就了我勃勃的生命，点燃了我人生的希望之火。在我苦闷与彷徨的时候，每当我想起你们爷爷在山顶上的那声呼喊，‘慢慢走——背好煎饼！’我总是又重新鼓起勇气。”

接到陈白的电话时，窗外飘起了纷乱的雪花。我也正准备与他联系。

“喂，陈白，怎么没上班，和谁在一起？娟子，哪个娟子？是老同学来了，还有她老公？我在外地开研讨会，是呀，赶不回来的，你陪二人多喝几杯吧！”

寒暄了几句后，我借故挂上了电话。

我推开窗子，伸开手想接住雪花，它却无声地融化在我的手心里。其实，我正在上班，就在本市，何曾去外地开研讨会？我实在不愿意再看到娟子，这个让我心痛了好多年的女人。娟子爱读我写的诗，尽管那些诗一首也不曾发表过。我曾想对她表达我的爱慕，可是我不敢，唯恐说出口就把她吓住了。大学毕业前，娟子对我说，她的男友将前来省城就业。我顿时傻了，却故作镇静地笑着，对她道了声祝福，把那份感情永远地埋在了心里。我回到了故乡的小城，娶妻、生子，过上了再平凡不过的生活。

然而，挂上电话后，我又后悔不已。我不断地把玩着手机，希望陈白突然间打来电话。这样，他就会醋意十足地给我讲讲娟子，并告诉我，绢子是否曾思念过我，是否后悔当初没有选择我？他一定知道我对娟子的那份感情，虽然我来从没有说出口。

黄昏时，我的手机响了：“喂，陈白，是——玉儿呀，我们局里还有个会，你和孩子先吃吧。”

“啥陈白，又和你那狐朋狗友在一起呀！”老婆似乎很生气，“不来家吃饭咋不打个电话？”

接到老婆的电话，我心里闪过一丝不安，慌忙把手机放进了衣兜。此时，手机却又响了。我吓了一跳，老婆今天是怎么了？我赶紧拿出手机：

“我真的在开会呢，开完会就往回赶。”

“我是陈白——娟子和她老公已经回去了，你就别急着往回赶了。本打算把你邀来，缓冲一下尴尬，谁知你去了外地？曾经以为她喜欢的人是我陈白，谁知她一直有心上人，如今她的女儿已经上中学了呢！你说，她当初为什么对我这么好？这些年咱俩谁都没提过娟子，你还不是怕我再伤心？怎么又相见了呢？她说咱俩很纯真，我很纯真吗？我是把爱埋在心里没有说出口罢了。喂，你在听吗？你说话呀，怎么了……”

可恨的陈白，话语里充满了醉意，竟然啰啰唆唆说个没完。

窗台上落了厚厚的一层雪。我抓了一把，捂在了昏涨的额头上。我说不清自己在想什么，也说不清自己想做什么。一下午的心神不宁，就是为了等这么一个坏透了的电话？

雪后的小城，在夜色降临后变得寂静起来。橘黄的路灯下，积雪失去了它刺眼的颜色。街上偶尔有行人匆匆走过。想到老婆和儿子，我加快了脚步。

我的手机又突然响了起来。该死的陈白，怎么丝毫没理会我的心情？不接也罢，让手机响着吧。然而手机又一次响起，是一个陌生的号码。

“喂，娟子？知道我的手机号了！嗯，我也思念你呀！你嫂子好，孩子也好，怎么就走了呢，以后来玩呀，好，再见！”

我鼻子一酸，眼泪差点掉下来了。

调 位

周会课上，我按照预定方案重新调了位置。爱做小动作的王浩被调到了第一排的中间，如果以后他上课再不遵守纪律，就会及时被老师发现并给予批评。上课爱说话的张涛，前后左右全是女生，就像在他的周围砌了四堵墙。成绩差、爱调皮的李旭被放在了最后排的角落里，他的同桌却是爱学习、个头高的纪律委员黄飞。

王浩极不情愿地离开了原来的位置，张涛四周的几位女生脸上似乎挂上了一层霜。只有李旭还是笑嘻嘻的，并很快地把书搬到了新课桌上。看到现在的情形，一切正朝我的预期发展，一切似乎开始奏效了。王浩今后将生活在老师和全体同学的关注之下，那滋味一定是如坐针毡，他还有做小动作的机会吗？虽然张涛周围的女生极不愿意与他挨着，可是为了张涛那张不老实的嘴，她们还是不得不做那堵墙。李旭似乎还没有理解我的良苦用心，不过我敢肯定，两天后他就会发现，黄飞将是他最大的克星，他想再抄作业，一定是门都没有。

位置调定后，正好下课了，我高兴地走出了教室。我的调位原则是相互制约，让同学们彼此牵制。我为自己这个天才的调位方案兴奋不已。所有的同学将生活在有效的管理机制之中，所有的同学将在我的调控中健康成长。

然而，意外的事情还是发生了。

第二天早读后，一个女生哭着走进了办公室。她的位置在张涛的前面，从她背上的墨水，我猜到了事情的起因——一定是张涛的恶作剧。那位女生的哭诉也证实了我的猜想：张涛故意把墨水洒在了课桌上，那女生不小心便染在了衣服上。张涛还振振有词，“你把我的墨水沾走啦，我怎么用墨水写作业呢？"

我安慰那位女生，"下课后，我一定严肃批评他。"

我正准备去找张涛，这时，黄飞跑着进了办公室。

"有事吗？"我心情烦闷，皱了皱眉。

"老师，王浩不小心把窗户玻璃打碎了。"黄飞擦了擦额头上的汗，"下课后，王浩与几个同学拿语文课本作排球，在教室内托来托去，一不小心便打碎了玻璃。"

"你怎么不去制止？"我的火气猛然蹿了上来。

"老师，那是课间十分钟呀，同学们不可以活动吗？"黄飞疑惑地看着我。

我低下了头，我发现我的调位方案正遭遇着失败。我忽然又想起了李旭，李旭不是还没有出问题吗？我似乎又为我的方案找到了一根救命稻草，心情又逐渐明朗起来了。

临近放学时，我遇到了教我们班数学的徐老师。徐老师是一位教学经验丰富的老教师，与我的关系也一直很好。他告诉我，"李旭上课时依然做小动作，甚至比以前更厉害呢！"

我愕然地问，"怎么会这样？难道是我调位的法子有问题？"

"兴许真是这样呢，你不妨让学生自己挑选位置，自己挑选同桌。"徐老师笑着说，"管理班级应该深入学生的内心，才能调动学生的积极性呀。"

我又一次皱了皱眉，没再言语。我知道徐老师的话可能有道理，不过，学生毕竟也是普普通通的人，爱玩是他们的天性，一旦没了制约，他们玩疯了怎么办？几个调皮的同学如果在一块儿玩成了气候，那不更难管理吗？可是，如今的状况怎么解决呢？我陷入了沉思。

到了下午，我在班上宣布了一个大胆的决定：同学们自己找位置，自己找同桌。所有的同学热烈地鼓起掌来。他们立刻联系自己的同桌，然后又忙着收拾自己的书本。等到一切都结束了，新的位置让我大吃一惊：不少成绩好的同学竟然选择与成绩差的同学做同桌。让我更惊奇的是，王浩依然在第一排的中间，李旭依然与黄飞是同桌，而张涛竟然与那个刚产生矛盾的女同学成了同桌……

这次自选位置，最终还是让我忐忑不安。我担心一些成绩较好的同学成绩会受到不良的影响，更担心王浩、张涛和李旭，不知他们还会闹出什么花样！然而，接下来的几天让我意外地惊喜，王浩上课不再乱说话了，张涛变得爱学习了，上课时注意力更集中了。更可喜的是李旭，他不仅不再做小动作了，还常在课下与同桌商讨问题。

丁丁和他的机器猫

章叔叔送给丁丁一个漂亮的机器猫。丁丁按下电钮后，机器猫却毫无动静。爸爸说："以后爸爸有时间了，给你修修再玩。"然后，爸爸把它放到了卧室的最高处。

从此丁丁有了心事。爸爸什么时候修机器猫呢？要等到很久以后吗？等丁丁长成了大人，还不一定稀罕这个玩具呢！不过，丁丁想，爸爸之所以不忙于修理，也许自有爸爸的道理，只不过是他现在想不明白罢了。

有一天，邻居瑶瑶告诉他，章叔叔也送给她了一个机器猫。这一点丁丁相信：瑶瑶的爸爸和他爸爸在一个单位工作，章叔叔能送给丁丁，为什么不可以送给瑶瑶呢?!

丁丁来到了瑶瑶家。瑶瑶的机器猫，与他的一模一样。不管他与瑶瑶如何着急，机器猫就是丝毫不动。瑶瑶的妈妈从厨房里走出来，她弯下腰，仔细地为机器猫检查毛病。她从机器猫的肚子里取出来一个电话卡样的东西："原来，机器猫肚里生了这么个坏东西，我把它摘除了。"然后又装上了两节电池。

机器猫似乎大病全消，竟然动了起来。在瑶瑶的指挥下，机器猫从卧室跑客厅，又从客厅跑到卧室里。丁丁和瑶瑶玩得甭提多高兴了。

这个章叔叔真逗，也送给了瑶瑶一个有毛病的机器猫。

回家后，丁丁又不高兴了。他的机器猫放得很高，他根本无法拿到。

许多天后，丁丁搬家了，瑶瑶也搬家了。他们搬到了一个风景秀美的小区。丁丁家的房子和瑶瑶家的一样大。爸爸妈妈住在楼上，他和奶奶住在楼下。丁丁有了属于自己的房间。让丁丁更高兴的是，那个机器猫放在了他的卧室内。

这天，丁丁忽发奇想：我的机器猫与瑶瑶的机器猫是不是一样的毛病？爸爸没有时间修，我可以尝试一下呀！于是，他把机器猫放在地上，从它肚子里取出了那个电话卡样的东西，扔到了垃圾筐里，然后在机器猫肚子里放上了电池。按下电钮后，机器猫果然动了起来。它从卧室这头跑到那头，又从卧室那头跑到了卧室的这头……

有一天，丁丁发现爸爸妈妈很不高兴。爸爸把他叫到了客厅里，问他是否动了机器猫，爸爸正准备用那个机器猫送人。看着爸爸吓人的样子，他如实地告诉了爸爸。

爸爸问："机器猫肚子里的卡呢？"

丁丁告诉爸爸："你说的那个坏东西呀，我丢进垃圾筐了。"

"什么坏东西？那是银行卡。"爸爸的脸色几乎变成了青紫，在他屁股上狠狠地打了两巴掌。

丁丁的机器猫不见了，爸爸又送给了别人。他不明白，那么好玩的机器猫为什么要送人？如果想送人，完全可以再买一个呀。难道是因为刚搬了家，家里经济紧张？

不久，瑶瑶又搬家了，搬回了原来的住处。丁丁好想瑶瑶，他觉得瑶瑶太不够朋友了，搬家了竟然没有与他告别，竟然没有给他打电话！奶奶说："瑶瑶的爸爸犯罪了，去了很远的地方，要好多年才能回来。她与妈妈必须搬回原来的家，都是那个机器猫惹的祸。"

丁丁怔怔地想：原来机器猫是个可以给人带来厄运的东西！可是，爸爸为什么要把它再送给别人呢？

从此，爸爸烟抽得凶了，在家喝酒的时间也多了。妈妈也不说话，眼里常泪汪汪的。丁丁很害怕，小鸟似的偎依在奶奶怀里。他小声问奶奶："爸爸还生我气吗？"奶奶使劲地摇了摇头，却没有说话。

冬日的一个早晨，爸爸妈妈都不见了。奶奶说："昨夜你爸妈跟着几个叔叔走了，去了很远的地方。过两天咱要搬家，搬回原来的地方。"

丁丁高兴起来："我又可以见到瑶瑶了！"

奶奶落泪了。

给你做回媒

我调回故乡时，祥子安排了一个酒宴。祥子在某公司做了副总，酒宴办得很场面。举杯畅饮间，祥子谈到了同学小玉。祥子很健谈，讲起他与小玉的爱情故事。我并没听进去多少，我的心早已回到了几年前。

小玉曾经是我的同桌，也曾经是祥子的同桌。祥子与我很谈得来，关系一直很铁。大概是因为我个头太高，常挡住后面的同学，班主任让我和祥子调换了位置，祥子这才和小玉成了同桌。小玉很活泼也很好学，调换位置后依然找我探讨问题。

高三那年，班里传出祥子和小玉恋爱的绯闻。

我问祥子："你真的和小玉在谈恋爱吗？"

祥子很难为情："我——是她喜欢我。"

我于是正告祥子，"早恋会耽误了你，也会耽误了小玉。"

这件事不知又如何传到了班主任的耳朵里。老师问我是否知道祥子和小玉恋爱的事，我把知道的如实地告诉了他。祥子和小玉受到了批评，小玉和我又成了同桌。祥子在情绪上倒是没有什么变化，只是小玉变得更加沉默，除了和我商量学习上的事，便很少说话。

后来，我们便各奔东西，去了外地上大学，虽然保持着书信联系，却很少见面。几年前，我被留校工作，祥子和小玉都回了我们家乡。祥子留在了小城，不久便结了婚，很快又离了婚。而小玉一直在乡下教书，至今独身一人。我很惭愧，也许是因为我，祥子和小玉在感情上经历了不必要的挫折。

我告诉祥子："我要给你做回媒，让你们有情人终成眷属。"

我拨通了小玉的手机："我已经调回了家乡，等待教育局的工作分配。祥子已经离婚了，他说依然喜欢你。当年班主任批评你们的事，其实我有责任。

我想给你做回媒……”

小玉似乎没有领会我的意思：“为什么不给我回信？我的信不曾收到过吗？如今真的回来了吗？”

小玉其实挺惦记我的。至于为什么不回信呢？我却说不出缘由。

“我的事以后再说。我要给你做回媒，记住了有时间来找我。”

大约过了十多天，我去教育局办理调令。不巧人事科长家中有事，我空等了一个上午。回到家，母亲告诉我：“有一个女孩来找你，很漂亮的。”我立刻想到了小玉。看来，祥子和小玉的事已经有了可能。

我给小玉打了个电话。

小玉的声音依然很轻柔：“什么时候拿到调令？”

我把去教育局的事对她说了，然后问她和祥子的事。

“不可能的，我们怎么可能走在一起？”

我对着手机摇了摇头：“怎么不可能？你们从高中时不就是恋人吗？祥子为什么结了婚又离婚？你为什么至今还独身一人？”

“你说为什么？高中时的事，纯属祥子虚构。大学时他还追过我，不过我拒绝了他。我和祥子其实什么都没有过。为了排除情敌，祥子竟然诽谤别人，甚至你。这样的人，我能托付终身吗？”

我蒙了：“怎么会是这样？”

“听说——你至今是一个人。为什么不给你自己做回媒？愿意到我们乡下教书吗？人事科长是我大学同学，可以帮忙的。”

我的眼睛湿湿的：“明天咱一块儿去找你的大学同学。”

第八辑

今天是个好天气

满路杏花香

杏花飘香的时候，艺术学校来招生了。她从容地走上台，唱了她最喜爱的一首山歌。主考老师露出了欣喜的神情。

从考场里出来，班主任把她叫进了办公室，问她是否愿意上艺术学校，如果还打算考高中，就必须放弃这次机会。

她似乎一下子明白了。在这样一个普通的日子里，她正面临着人生中一次很不平常的选择。想到这些，她心中涌起一种莫名的惆怅。

她很喜欢唱歌。已经作古的奶奶曾经夸奖她，说她唱歌时就像一只小百灵。爷爷却说，奶奶年轻时曾是十里八村最好的山歌手，她一点都不比奶奶差。

老师似乎读懂了她的眼睛，告诉她，走艺术的路其实很难，且不说你没有受过正规的声乐教育，而学音乐仅仅爱唱还是不够的。老师拿起她的右手，细细地端详了一番，然后叹了一口气，你若是生在艺术世家就好了，只可惜了你这修长的手指。

她知道老师想说什么。她想告诉老师，小时候她跟爷爷学过吹唢呐，爷爷是山里最有名的唢呐手。爷爷似乎也说过，他吹唢呐走的是野路子，不算是正规的音乐。怎么给老师说呢！

她走出了办公室，感觉头脑有些发蒙，理不清任何头绪。她喜欢音乐，却不知喜欢音乐要遇到这么多问题。她难过得几乎要掉眼泪，如果此时她选择去艺术学校，她将失去上高中的机会。而那个大学梦呢？却一直萦绕在她的脑海里。如果爸妈在眼前多好，也许他们能出个更好的主意。远在千里之外打工的爸妈，怎可能帮她解决眼前的难题？

她感觉自己是站在一个十字路口上，犹豫着不知把脚迈向何方。她走上了回家的山路，竟然不再留意山坡上飘来的杏花香。曲折的山路让她感觉是那样漫长，甚至有些陌生。走了许久，她终于看到了山路尽头的家，看到了家前山坡上的杏林。她掉下了眼泪，这山路上，这杏林里，都曾回荡过奶奶清脆的山歌！年轻时的奶奶却不也曾面临过她一样的选择吗？

山坡上的杏林里，传来悠扬的唢呐声。一定是爷爷在那儿。想到爷爷，她的心情顿时轻松了。在她的记忆中，从来没有什么事难得住爷爷，只要爷爷端起他的烟斗，便会很快地想出一个绝妙的主意。

爷爷看到她来了，便把唢呐挂在了杏树上。她给爷爷的烟斗装满了烟叶，然后又给爷爷擦燃火柴。爷爷拿起烟斗吸了一口，吐出一口白白的烟雾。她的眼泪又来了，她告诉爷爷，自己不知该如何选择了。

爷爷又深吸了一口烟，问她，唱歌使你感到快乐吗？她点点头。爷爷又问，你喜欢读书吗？她又点点头。爷爷放下他的烟斗，呵呵地笑了，这么简单的问题，怎么把我的小百灵难住了？

她的脸猛地红了，一下子明白了爷爷的意思。她的梦是绚丽多彩的，她其实既不想放弃唱歌，也不想放弃读书。唱歌与读书并不矛盾，只要她快乐着，为什么不能唱歌呢？她忽然又懊恼起来：当时，在老师面前她为什么一言未发？

她欢快地跑出杏林，走上了通往学校的那条山路。她要把自己的决定告诉老师。爷爷又重新拿起唢呐，清淡的杏花香被唢呐声送出很远。

黑皮本，蓝皮本

老吴对那种黑皮或蓝皮的笔记本情有独钟。在乡下时，每当在工作上有了想法，他便把想法记在蓝皮本上，当想法成熟并形成方案时，他便把方案写在黑皮本上。这种习惯使他一步步成了副乡长、乡长，最后又使他从乡下走进了小城，做了环保局的副局长。

老吴把用过的笔记本带进了小城。他老婆先是把它们装箱放在了卧室的一角，后来又打算放进储藏室里。为此，他大动肝火。那可是他大半辈子的心血，将来是要写回忆录的。不过，他最终没有拗过老婆，笔记本还是被放进了储藏室。这让他心里难过了好一阵子。

乍到环保局，老吴似乎一下子还无法适应，毕竟环保工作他是个外行。但老吴是个善于观察、勤于思考的人，他很快就走出了这种不适，并在工作中发现了一系列问题。他拿出蓝皮本，把他的一些思考记了下来。他并不想立即向局长汇报，他在等待着时机。他要让局长相信，虽然他来自乡下，虽然他在环保方面是个外行，但在管理上他还是有一套的。

当老吴把方案写满了黑皮本，他的工作却又调动了。他被调到了县聋哑学校，做了一名副校长。老吴笑了笑，潇洒地把他的蓝皮本、黑皮本丢进了储藏室。

来到聋哑学校，老吴也很快走出了不适，虽然他依然是个外行。他有时会去各教研室坐一坐，和老师们聊聊天，说说工作上的事，聊聊生活上的事。老师们看他和蔼，便无话不谈。他了解到，这个学校其实存在很多矛盾和问题。应该说，矛盾和问题的关键在于领导。领导是干什么的？领导的责任在于管理，管理的目标就是把人管好，把人管好了，自然就会出成绩了。他找出了他的蓝皮本、黑皮本，把他的所思所想都写了进去。他还拿出了几个相当成熟的方案。比如业务检查制度：学校可以组织专门班子，高频率地检查老师们的备课、作业批改等。再如，政治理论学习制度：老师们每周至少要写出五十页的理论学习笔记等。他想，只要他把这些方案递给校长，校长只要接受这个方案，学校的工作一定能上一个大的台阶。正当他打算递上方案时，学校的几种新制度出台了。他不由得惊叹，这些制度竟然与他构想的一模一样。

从此，老师们做其他事情的少了。每天忙着写备课，批改作业，忙着写理论学习笔记，谁还来得及做其他的呢？看到这里，老吴心里不由得高兴，管理工作嘛，在哪个单位都是一样的。

然而不久，老吴又发现，几乎完美的管理制度似乎还有一些瑕疵。在工作时间常有个别老师早退，有的是去幼儿园接孩子，有的甚至忙里偷闲地去市场买菜。于是，一个办公抽查的方案在他脑海里形成了。当他把黑皮本放到校长办公桌上时，校长瞪大了眼睛，连声叫好。

不久，这个方案正式实施了。老师们的早退现象几乎没有了。老吴由衷的高兴。由此看来，他不仅完成了从乡下到城市的转变，而且完全可以胜任城市的工作了。

这天早上，老婆给他打来电话，说家里来了乡下的客人。老吴赶紧回了家。他让饭店送了酒菜，要与客人好好地喝一点。在酒桌上，他向客人介绍了一年来的工作情况，也说到了他的老传统，说到了他的蓝皮本、黑皮本。

下午上班时，他接到了一个罚款通知。学校抽查办公，他不在学校，被罚款五十元。老吴没有说啥，爽快地去会计室交了罚款。

晚上，老吴又喝了点。半夜里，老吴起来小解时，忽然晕倒在了床前。他老婆吓坏了，赶紧打120，把老吴送进了医院。

医生给他做了认真的检查。医生说："没啥，是晚上着凉了，打完点滴就可以回家了。"

老吴摆了摆手，坚持要住院治疗。

在病房里，老吴说起了抽查的事。他老婆听后大怒，非要去找校长。老吴又摆了摆手："算了吧，这种事我经得多了。你去找领导，这说明领导治人的法儿见效了。领导看了不知心里怎么乐呢！"

老婆回家前，老吴特意嘱咐了她两件事。一是去学校请病假，一定要把他病了的事装进所有同事心里。二是把所有的笔记本找出来，不管它是黑皮的，还是蓝皮的，统统拉去废品收购站。

家谱

老王是个文物迷，退休后在我们文物局找了个看大门的活儿。

有一次，老王向我说起了他家的家谱。老王家的家谱始修于明初，后来又续修了多次，有十几个本子。这些本子做得很考究，全是上好的绸缎做面，工整的小楷书写。其中不乏书法精品。遗憾的是，这些本子早已化成了灰烬。

所有的事，都要从王家老族长说起。老族长一生贫寒，无财无产，唯一的女儿嫁在邻村。老族长和女儿、女婿住在一起，家谱也一直放在老族长那儿。老族长临终前，女儿便拿家谱来威胁，假如家族中无人承办老父的丧事，她便毁了家谱。老族长的侄子很多，却没有人应承此事：这女人是一时之气，她怎敢毁了王家唯一的家谱？于是，这女人与王家结了怨，把父亲葬在了自家的果林里。不过，这女人还算明事理，虽然没有归还家谱，却并没有因此毁掉它。但后来家谱终于被造反派收了去，投入了熊熊烈火。

我听后也颇感惋惜，却劝老王说："明初的物件，当然算是文物。不过，此类东西在那个特殊年代中毁掉的很多，也不必叹息的。"

老王则摇头："还是有个家谱好。本家族之人，不论走得多远、多久，只要有家谱就有办法识得。假若没了家谱，又怎说得准是不是一家子呢？比如咱县的王县长，多数人知道他是浙江人，其实，他爷爷是1948年才南下去了浙江。若不是村里健在的老人识得，谁还能知道他是不是本家子？"

我想了想，感觉老王说的也是。

这年的年底，老王又找到我，说是老王家要重修家谱，是他当村主任的本家侄子组织的，并且还得到了王县长的支持。老王知道我文笔好，便向村里推荐我给家谱写个序。

老王说，家谱中失传部分就不好办了，但老祖王大山的故事，村里人还知道些。王大山是朱允炆皇帝的一个将军，兵败后便来此隐居了。老王要我查查明朝的这段历史，不管如何要给老王家润色润色。

我实在不好推辞，便答应下来。

大约又过了半年，我们局接到了一个电话：王家庄小学新址上发现了一座古墓。我们立刻驱车来到了王家庄。王家庄小学在村东山坡上，古墓就在教学楼地基的西南角，没有墓碑和墓铭志，也没有贵重的陪葬品，一件普通的陶器上刻着“永乐二十年”的字样。让人惊讶的是那具女尸。据建筑工人说，女尸出土时，鲜活如生人，他们先通知了王家庄的村委会，因为他们觉得这女尸在王家庄出现，就一定是跟王家庄有关系。然而，王家庄并没有人来认领。也难怪，谁知道这女人是不是王家人？就算是王家人，又是王家哪一家的呢？重葬要花费不是？重葬还要占地不是？女尸在外面暴晒了三日，已经开始腐烂了。

后来，老王谈起了这件事。

“明永乐二十年，那女尸可不是俺老祖的妻子王张氏！俺王家是永乐初年在王家庄落户的，是第一户，也是唯一的一户。后来，俺老祖王大山想家了，想回江南老家看看。王张氏阻拦不住，他的八个儿子也阻拦不住。后来他就回了，到了长江边上就病倒了，他知道呀，如果此时再不回，就可能永远回不到故土了，于是拖着病身子回到了老家。不久，老祖王大山就去世了，被侄子们葬在了老家。王家庄的王姓人，全是这弟兄八个的后人。那死于永乐二十年的不是王张氏是谁？王张氏鲜活如生不是？假如及时上报，虽比不得马王堆女尸，却也算是文物了吧。”

看老王不高兴的样子，我转移了话题：“你们的家谱修的怎样了？”

“谁知道呢？每家每人交了二百元钱，当活动经费，听说还被那当村主任的侄子贪了一部分。也难怪，不为钱财，谁抄这份闲心？这不，儿子大学毕业了，准备参加咱县里的教师招考，我找了那当县长的本家，谁知那小子看咱拿的东西少，理都没理。”

老王涨红了脸，恨恨地搓着手。

戒 烟

张三午睡时做了一个奇怪的梦。在梦里，一支被点燃的香烟在他眼前晃来晃去，搞得他心里颇不平静。蒙眬中他很快地意识到，这是他的烟瘾犯了。

刚到党政办上班时，张三并不抽烟。可是，他的几个同事都抽烟，抽烟时总不忘给他递过来一支。特别是老王，抽得最凶，抽烟时对他也最热情。他便买烟回敬他们，自己偶尔也抽一支。张三做了党政办公室主任后，经常有烟酒方面的应酬。如此不久，本来不抽烟的他便抽得越来越凶了。不过，他还是决定戒烟了。他结婚已经有些年头，却没有要孩子。妻子翠翠长得婀娜动人，唯恐要了孩子便不能保持体形。他也觉得没有必要过早地要孩子，有了孩子就限制了两人之间的浪漫和自由。要孩子的事因此一拖再拖，竟然拖到两人都三十多岁了。一块儿工作的同事，孩子都快小学毕业了，他俩才感到问题的严重性。翠翠给他下了死命令，一定要把烟戒了，否则不给他生儿子。张三戒烟的决心很大，不论在什么场合，不论让烟的人多么热情，不论让烟的人多么狡猾，他一支也不曾抽过。

他戒烟后不久，被提为分管乡镇道路建设的副乡长。离开那个烟雾缭绕的办公室后，张三几乎已经想不起香烟是什么样子。儿子出生后，翠翠立刻开始考虑起儿子的教育问题了。翠翠说："乡下教育条件差，儿子以后是要到城里上学的，城里没有房子怎么行？"那么，他们家的下一个目标就是要在城里买房。张三顿时流汗了，虽然他现在已经是副乡长，虽然他工作已经十多年，但他家里并没有多少积蓄，拿什么买房呢？既然翠翠的计划已提上日程，那么他的烟还是应该戒的。一包烟虽然不怎么值钱，但为了儿子，他绝没有复抽的道理。

梦醒之后，他一下子想起了很多。然而，他越是思考这些问题，香烟的样子越在眼前晃动，晃得他心情烦躁，不停地叹息。

起床后，他用清水洗了洗眼睛，然后去上班了。来到办公室，梦里那支被点燃的香烟依然在眼前晃来晃去。他做了个深呼吸，希望能使心情平静下来。这时，党政办的老王敲门走了进来。张三让老王坐下。老王赶紧掏出一包烟，抽出一支递给张三，点着了火。老王是实在人，张三不好驳这个面子，抽了两口。这么长时间不抽烟，张三被狠狠地呛了一口：

“戒了，你一直知道的！”

“哪能真戒？孩子已生了，还戒啥呀！”老王给自己也点上了一支。看张三抽烟的样子，老王感觉颇得意：“张乡长，咱乡里牟山大街整修工程拿出承包方案了吗？我表弟——”

张三把手里的烟掐灭了：“方案还在研究，至于你表弟的事，我可以给书记和乡长透一下。”

“那好，那好，那就太谢谢你了，还是老领导好说话呀。”老王一脸谦恭。

老王走后，张三眼前又开始出现那支被点燃的香烟。其实，想承包工程的还不只老王的表弟，原李乡长也替他堂弟打过招呼。这事是需要斟酌的。

他随手拿起刚被掐死的烟头，使劲地嗅了嗅，感觉从头到脚，都舒服异常。

下班时间到了。他找到牙刷，先刷了牙，又弄了盆清水，把脸和头洗了一遍。虽然身上依然有一丁点烟味，但他想，整天与抽烟的人搞在一块儿，有点烟味是很难避免的。

回到家时，天已经黑了。翠翠早已弄好了菜，还给他倒好了一小杯酒。他颇感意外。翠翠笑嘻嘻地告诉他：

“今天下午，老王的表弟来了，给你拿来了两条香烟，还有一个银行卡，说是那个工程让你给说句话。你猜卡上有多少钱？十万哪，咱买房是不是有望了？”

说着把两条香烟扔到了他的怀里。他也颇高兴，看来翠翠是允许他抽烟了，他再也不用在梦里想那支烟了。老王的这个表弟还真算懂事，知道他这个分管领导的重要性，送来这么好的东西。这顿饭，他好好地喝了一点。他醉了。

这天夜里，他又做了梦，他又看到了那支被点燃的香烟，他抓住那支烟狠狠地抽了一口。然而，一件意想不到的事发生了，那支烟忽然冒出火来，瞬间燃着了他的衣被，把他包围在火中……

翠翠的一声尖叫，把他从梦中惊醒了。翠翠大汗淋漓地抱住他，嘤嘤地哭："我做噩梦了，如果你出了事，咱的儿子可怎么办？真的吓死了！"

张三拭了拭额上的汗珠，抱紧了翠翠："算了，我是戒了烟的。明天把那烟和卡一块儿还回去！"

红纱巾

她感觉自己一定是出问题了。从家里到学校或从学校到家里，她总要费很多脑筋，才能辨别出方向。想到在外的男人，她总想哭。

她很爱自己的男人，从上师范大学时她与男人就已海誓山盟。毕业时，男人毅然放弃了留在省城的机会，回到了他贫穷的家乡做了一名普通教师。为了男人的理想和他们的爱，她离开了在省城工作的父母。

后来，男人说感觉他活得很累。她很理解，男人的苦闷来源于他的才能得不到认同。几个才能平庸的同事，每年都能得到各种荣誉，这些和他俩却从来无缘。人从来不能生活在真空中，男人和她怎么办？她很支持男人的学习，把所有的家务都包了下来。男人很刻苦也很争气，在儿子五周岁的生日时，接到了某大学硕士研究生的通知。

找到男人时，她没有说出一句话。她从包裹里抽出了那条红纱巾，轻轻地抛给了他，然后径直地朝车站走去。

北风呼呼地刮着，雪花夹着雨滴打在脸上，让人一直凉到心里。她领着儿子踏上了回乡的列车。男人手里拿着那条红纱巾，站在月台上一脸的懊恼与羞愧。

火车缓缓地开动了，她再也忍不住泪水。男人依然呆立在月台上，红纱巾在风雪中渐渐地变成了一个小红点。

她曾对男人很有信心。可是，男人走了后仅两个月没给她写信，她心里就有点慌。她说不清这是为什么。心慌不正是她对爱没有了信心的明证吗？男人变了，她不也变了吗？

她忽然很懊恼。她当初为什么支持男人考研？如果考研可以把一个充满理想的人能改变掉，那么她对男人的支持岂不是很可笑的吗？受尽磨难的男人经不住外面的诱惑了，她怎么毫无感觉？然而，这又怎能怪男人？在山区平淡而窘迫的生活中，她自己不也曾有过埋怨吗？

她把手轻轻地放在了车窗上。雪花在狂劲的北风下，肆虐地抽打着车窗。她的泪流了出来，泪水中她仿佛看见了风雪中的月台，变成了雪人的他和那条被雨雪打湿的红纱巾。

儿子用小手擦去她的泪花，问道：“妈妈，我们是要回家吗？”

她把儿子搂在怀里，静静地说：“回家，学校里还有学生等着妈妈上课呢！”

儿子欢快地叫道：“妈妈，我们回去又可以堆雪人了是吗？”

她无言地点了点头：今年陪儿子堆雪人的只有她了！

“妈妈，那个阿姨是谁？是坏人吗？”

她怔了怔，轻轻地说：“那个阿姨和你爸爸一样，都不是坏人！”

“那你为什么哭了，是他们惹你生气了吗？”

“你爸爸和那个阿姨迷路了。”

“大人也会迷路呀，爸爸还会找到我们吗？”

“会找到我们的，只要他手里还拿着那条红纱巾！”

“噢，我还会唱红纱巾上写的那首歌呢：……从此它们约定三生，苦诉着衷肠，狼说亲爱的，谢谢你为我疗伤，不管未来有多少的风雨，我都为你去抗……”

她听着儿子小声地哼唱，泪水却忍不住流了下来。歌声把她带回了大学时代，在那个大雪纷飞的夜晚，男人把那条写着歌词的红纱巾放在了她的手里……

今天是个好天气

窗外，天空瓦蓝瓦蓝的，还飘着几朵薄云。每逢遇到这种好天气，我的心情总是格外地好。

赵局的情绪似乎也特别好。他踱着方步，哼着调子来到了秘书科。尽管是小声地哼哼，却哼得时值准确，节拍和谐，让人倍感舒服。

“啧啧，真的是时值准确，节拍和谐。听您唱歌简直是一种享受，就是听您小声哼哼，却也让人舒服到了骨头里。”小钱拍着手赞叹道。

“哪里，哪里……”赵局红了脸。看神情，赵局对小钱的话甚是受用。

我淡然一笑，把目光从赵局那儿转向小钱，又把目光从小钱那儿转向了小孙。小孙脸上堆满了笑，眼神却是怪怪的。

“今天的天气真好！”赵局的目光转向窗外的天空，“天空瓦蓝瓦蓝的，还飘着几朵薄云。”

我的目光再次从窗外转向了赵局时，才注意赵局穿了一身笔挺的新西装。就是皮尔·卡丹牌的，三千多元一身的那种。赵局身材魁梧，皮肤白皙，再穿上这名牌的皮尔·卡丹，真如玉树临风呢！

昨天妻子也给我买了一身，和赵局身上的一个品牌。我心疼钱，便大骂妻子，干啥买这劳什子，你看我这尖嘴猴腮，你看我这打草杆似的身材，哪里配穿这种高档衣服？正巧做房地产生意的妻弟来了，把那衣服要了过去。妻弟说，明天要参加一个签字仪式，我们的赵局是官方代表之一。妻弟与赵局一样的魁梧，皮肤也一样的白皙。那身衣服穿在他身上真是最合适不过，仿佛专门为他定做的一般。我则心疼的要死。我知道这衣服其实是肉包子打狗，我赔大了。我忽然记起妻弟的宝马车，那车买了还没有一年，他便坐厌了。便厚起脸皮，给他讲了一通“等量代换”的道理。妻弟没有说什么，只是呵呵一笑。

小孙的眼睛似乎看直了："赵局的这身西装真合身。就您这身材，皮肤又白皙，再穿上这法国名牌，真是玉树临风呢！"

我很愕然。记得是在年前，为了那个出国考察的名额，小孙做了不知怎样的努力，可是，不知什么原因，小钱成了最终的人选。这让小孙的心情一直很糟糕，按情理，小孙说不出这种奉承话。这使我想起空缺着的、肥嘟嘟的科长位置，赵局正考察科长人选，难道小孙又动了这个心思？我把目光转向了小钱。小钱则一言不发，眼神竟然也是怪怪的。

"小钱说笑了，小孙说笑了，今天与一个房地产开发商签字，要去赴个酒宴，作为官方代表，怎能不穿得整洁些，什么名牌不名牌，只是不想损了咱局的形象嘛！"

小钱、小孙都努力地睁大了眼睛，却再没说出什么话来。

"今天真是个好天气！"赵局笑了笑，然后踱着方步、哼着调子离开了秘书科。

一切又平静下来了。小钱开始打起了游戏，整个脑袋抵在办公桌上。小孙拿起报纸，漫无目的地翻阅着。我无事可干，便又开始欣赏外面的天空。我妻弟这个人，歌唱得好，人长得好，不知他与赵局谁会赢得更多的掌声呢！也许掌声之后，妻弟真得会考虑宝马车的事。

临近下班时，我的手机忽然响了，是妻弟打来了电话。妻弟明显是喝高了，他一边喊着姐夫，一边告诉我赵局如何赞赏他的歌喉和衣服，还顺便说了他的宝马车。

"什么？一定是我的了！"我激动得简直要流泪，我绝对没想到妻弟会赢得赵局的掌声，也绝对没有想到妻弟真会送我宝马车，"你那歌喉没说的，真的时值准确，节拍和谐！再穿上这名牌的皮尔·卡丹，真是玉树临风呢！"

"谁的电话？"小钱、小孙异口同声地问道。

"呵呵——今天真是好天气。"我答非所问，眼睛又转向了窗外，"天空瓦蓝瓦蓝的，还飘着几朵薄云。"

我猜想：此时他俩一定是脸色铁青，鼻子都气歪了。

老 六

老六是我大学时同宿舍的哥们儿。与同样来自农村的我们相比，老六简直就是个阔少爷。他老爹在乡下的镇子上开着一个肉铺，日子过得红火。老六因此出手很大方，兄弟们谁有点困难，他都肯帮忙。

值得一提的是那时的每个周末。

到了周末这天，老六总请我们兄弟几个去校外吃地摊。每次去地摊，他总要喝点。他的酒量不大，几乎每次都喝得一塌糊涂。从地摊上回来后，老六又总是翻来覆去地给我们讲他的爱情故事。

老六的女友是他高中时的同学，长得非常漂亮，也很聪明。女友的家里不富裕，老六常接济她。那女友对他挺好，似乎称他是什么哥。女友考上了省城的一个重点大学，老六则和我们一样，考了本地的一个普通学校。女友常给他写信，老六却从不让我们看。我们便醋老六：那信真是你女友写的吗？人家可是在省城上大学，上的是重点大学，恐怕是你小子癞蛤蟆想吃天鹅肉罢。老六便憋红了脸，吐着酒气争辩。

后来，老六女友的信渐渐少了。老六再请我们吃地摊时，醉酒的次数却更多了。每次醉酒后，老六便与我们谈起他的女友：这小妮子，可能是学习任务重呀，我一向知道，她有大志向，一定是准备考研，没有时间写信了，你看，我老六多狭隘，多没远见，整天想着这事。

我们都不敢再醋老六。我们既怕老六的女友变心，更怕老六的女友考研。

有一次，老六兴奋地告诉我们，他的女友可能会来学校看望他。

这令我们兄弟几个欣喜不已。我们终于可以见到老六日日牵挂的女友，也总算没有白吃老六的地摊，可以替老六高兴一番了。可是，直到毕业，我们始终没有见到过老六的女友。我们兄弟六个最后一次吃地摊时，老六又说起他的女友，却说的乱七八糟，让人理不清头绪。此时，我们宁愿相信老六的女友考上了研究生。

毕业后，我回到老家做了一名小学老师。同室的其他兄弟唯有老六改了行，去他那儿的乡政府做了秘书。我想，这一定是他老爹给他跑了关系。谁让他家开了一个肉铺，老爹那么有钱呢！

大约过了一年多的样子，老六给我和其他兄弟写了信，他就要结婚了，希望我们都能去喝喜酒。到了老六结婚那天，我却因为一点特殊的事，没能前去。我不知道老六有没有生气。不过，听同室的另一个兄弟说，老六的妻子真的不是原来的女友，女友早已与他断绝了关系。老六那天喝了个大醉。

我们兄弟六人买了手机后，彼此的联系渐渐多了。大家关心的依然是老六，唯恐老六保留着吃地摊醉酒说事的德行，让他的一生幸福不得。然而，据我后来的了解，老六平日里极少喝酒，也从来没有再醉过。

十多年过去了。老六先是在老家当了个副乡长，后来又去别的乡镇当了镇长，最后，又调到某局做了局长。眼下，老六正准备竞争副县长职位。老六出息了。

深冬的一个早上，老六的老婆给我打了电话，让我们兄弟几个去她家，好好劝劝老六。老六有外遇了，与老婆正闹离婚，大有非离不可的意思。老六老婆的意见也很明确，坚决不同意离婚。

在酒桌上，老六和我们从前在地摊上一样，喝得酩酊大醉，又说起了他的女友。那女人的老公是个开发商，因为一件案子，被判了无期。女人的状况凄凄惨惨的，让老六心痛不已。于是，老六决定离婚了。他一直牵挂那女人，他不离婚，谁去保护她呢？

我们对老六握紧了拳头：老六，绝不可以离婚，你的老婆给你生儿育女已经不易，你的老婆替你孝顺老爹更是不易。在你困难和痛苦的时候，你那女友哪里去了？那样的女人，能让你抛妻舍子？

老六醉眼蒙眬趴在了酒桌上：啥呀，人一生只能爱一次。

我们几个无奈地摇了摇头。老六的生活竟然像小说里的故事，本来已经煞尾，却又出人意料地出了波澜。这家伙把自己的生活演绎地如此多彩！

早春的一个下午，老六的老婆又给我打来了电话。她告诉我，因为跑官的事，老六受了处分。那女人便又重新找了相好。老六如今跟她回家过日子了。

临 窗

我一直喜欢临窗的位置。做学生时如此，做了老师后也如此。烈日炎炎的夏日，这儿总比别处得风。寒风肆虐时，这儿总可得一点来自阳光的温暖。临窗的位置，简直成了我必占的风水宝地。

这不，教师培训的第一天，我早早来到了培训点。同事给我打来电话，让我给他占个位置。我选了临窗的位置坐下，又随手把包放在了邻桌上。老师们陆续来到了，多数是陌生的面孔。有不少老师朝我投来一瞥，疑惑之后又走向了另外的位置。我开始有些不自在，低着头掏出笔记本，装做作笔记的样子。又一个老师来到，他似乎也看了看我，便朝最前排的位置去了。我抬起头，惊诧地发现，那人竟然是我初中时的班主任吴老师。虽然我们不相见已有二十余年了，我还是一眼认出了他。他是坐了班车，从乡下来到了城里。他一定认出了我，就像我看到背影就认出了他一样。我不知道，他看到我时投来的是怎样的目光！从这一刻起，我后悔了：吴老师做了我三年的班主任，为我花费了不少心血，我怎么没有叫住吴老师？我平白无故为同事占什么位置？

临近放学时，同事发来短信，告诉我，他有事不能前来了，一定要替他签到。我恨得牙根发疼，这个位置我白白守了一个上午。谁能理解我看到吴老师风尘仆仆时的心情呢？

下午。我匆匆吃了饭，便赶去了培训点。我要再次占住那个临窗的位置，把它留给吴老师。临近上课时，吴老师进来了，满脸的汗水。他看了我一眼，然后又走向了最前排的那个位置。我忽然懊悔起来，责怪自己为什么不果敢地叫住他。我猜想，也许他是为我早上占位置的行为生气；也许他一下子想起了我做学生时的许多不堪的事，越发得不愿理我了。我心里颇感委屈，虽然我曾经很调皮，给他惹了不少麻烦，可是我最终听了他的话，用我优异的成绩给他增了光。

夏日的天气非常闷热。吴老师坐在最前排，认真地做着笔记，汗水湿透了他的汗衫。这个临窗的位置立刻显示出了它的优点。徐徐吹来的风，吹干了我额头的汗珠。

临近放学时，同事又发来短信，说是让我再签个到，他今天就不来了。

第二日早上。我又坐在了原来的位置，依然用包占住了邻近的位置。这个位置是给吴老师留下的，不管我的同事是否乐意。我直起了身板，瞪大了眼睛，搜寻吴老师的身影。不管别人如何看我，我都要把吴老师叫住。我实在看不下吴老师汗流浃背的样子。吴老师终于来了。他看了看他原来的位置，已经坐上了人。他走向我："这位置——"

我慌忙拿起包："吴老师请坐！"

吴老师看了我一眼："认得我？"

"认得！认得！"我尴尬地笑了笑，"您怎么老是往前坐，那地方多热呀？"

"是闷热，可是那地方听得清楚。"吴老师打住话头，掏出了笔记本。这时，同事又给我发来短信，说他不一会儿就到。我只能苦笑，这个同事站着茅坑不拉屎，培训的事也不过是凑热闹。如果他来了，我只好把自己的位置留给他。

夏日的阳光从窗口照进来，没有一丝风。桌凳墙壁都是热的。这个临窗的位置失去了应有的优点。汗水从吴老师的脸上流了下来。我终于抗不住困意，众人的身影在我眼里渐渐地模糊了。

睡梦中，听到有人大声叫我的名字。我激灵一下醒来，是吴老师坐在我的身边。其他老师已经离去了。

"是你小子，我早知道你在城里教书，只是这么多年没有见面。你还是那个样子，学习不认真，喜欢临窗的位置。从你的呼噜声中我一下子记起了你，你个傻小子！"

我惊诧得不得了。这时同事打来电话，他去了岳父家，问我是否替他签到了。我猛然一惊：我只顾睡觉了，把签到的事忘了。

钱副官

老钱近来颇为窝火。老钱是有名的笔杆子，这次局里进行人事调整，他被调到仓库给保管老刘做了个副手。对这次调整，老钱本没有什么意见。他想，继续留在秘书科吧，怕影响年轻人的发展；放在几个副局办公室里呢，他眼看年近五十了，谁好意思支使他呢？他感觉在仓库做个副保管挺合适。于是，“钱笔杆”变成了“钱副保管”。不过，同事们觉得“钱副保管”叫起来挺拗口，于是省落了中间一个字，简称“钱副管”，时间长了，又变成了“钱副官”。这令老钱很是憋气，什么副官，好像是国民党出身，这不是侮辱人吗？

于是，老钱想到了同学老赵。这个事一定要给老赵说说，一定让他给出这口恶气。可是见到老赵时，话到嘴边了又咽了回去。副保管做得久了，老钱也越来越懒散，甚至不愿说话了。后来，老赵变成了赵局，老钱觉得这话更不好说了。

老钱一直挺佩服这位老同学。他俩同时参加工作，可是老赵已在城里买了两处别墅，他的女儿在澳洲留学。他老钱有什么呢？在老赵的主持下，局里搞了不少建设，办公楼全部装修一新，建了花池和高标准厕所，院里修了水泥路，确切地说几次三番地重修了水泥路，工作的确是做了不少。

仓库里事务不多。保管老刘体弱多病，常常隔三差五地请假。老钱过得倒也清闲。

老刘是个很能聊的人。有一次上班时，老刘聊起了老赵：赵这人挺虚伪的，记得那年咱老刘写好了入党申请书，正犹豫着是否把申请书交到党支部。赵（那时他还是个科员）却说，写那干什么？党员算什么？于是咱把申请书重新放回了抽屉里。不久，局里正式批准赵局为预备党员。秘书小黄刚结婚，丈夫小田便要与她离婚。小田说得很在理呀，我们才结婚，你这几个月的身孕怎么回事？我们没在一块生活过呀！小黄老家离这儿一千多里，这儿没有什么熟人，一天到晚与赵局在一块儿，还不是他下的种？

老刘简神了，在仓库做个普通保管，竟也能知道这么多。老刘这样的同志实在是不多了。

老刘的话，也让老钱替老赵捏了一把冷汗。老赵曾是多好的一个人呀，这些事会害了他的！这次老钱下定了决心，一定要找机会给他说说。不过，赵局总是很忙，老钱也总找不到机会。

有一次，在老刘家喝酒，他和老刘做包工头的弟弟坐在了一块。那包工头喝高了，抱住老钱的头说，你们的赵局真不是东西，说好了三七分，现在他却咬住对半分，要不就不给结账。

老钱又动了心事，决定有时间找老赵说说。然而，老赵的办公室整天人来人往，总有开不完的会，哪里有老钱说事的机会呢！

两个月后的一天，老赵忽然来到了仓库里。

"钱副官——笔杆兄呀，年终的述职报告我已起了草，市里却不要打印稿，还需要你给我抄一抄。你是咱局里的一支笔，就你那文采，就你那字，呵呵。"老赵走时，脸上飘满了红云。

老钱并不想接这活儿，已经靠边站了，还写什么材料呢？老钱有些服老了，想当年这点活哪能让他打怯？老钱叹了口气，抄就抄吧，谁让他曾与老赵是同学呢！老钱忽然想起要给老赵说的事，何不抄完材料再给他写封信，他拿回去不就看到了吗？

老钱把抄好的稿子和那封信一块放进了老赵的纸袋里。

大约过了不知是几个月，也可能是时间更长一点。有一天，病愈后的老刘闲聊时又谈起老赵，惋惜中带着愤恨。老赵被双规了，听说贪污数目很大，检察院已经起诉了他。他算是主动坦白的，听说他写了封没有落款的信，夹在了年终的那份述职报告中。

老钱睁大了眼睛：那封信惹大事了。想到这里，老钱一脸茫然，自己到底是救了老同学，还是害了他呢？这老赵也太马虎了，怎么就把那封信也一块上交了呢！

老钱最终叹了一口气。看来，他是无法更正"钱副官"这个称呼了。

第九辑

心儿向着远方

傻 儿

傍晚，妻子说起在小巷看到的一个人。

“真是可怜呀，那人竟在垃圾箱旁捡烂苹果吃。记得你老家也有这么一个傻子!”

但是，我仔细地分析了妻子的描述，那人绝不是我那傻儿兄弟。

妻子又对女儿说：“记住一定要好好学习，否则将来就会像那傻子一样。”

“他为什么捡烂苹果吃，他妈妈不要他了吗?”女儿一副忧愁的样子。

“那傻子的爸爸妈妈都老了，他又没有本事，谁能养活他?”

“我班的王萌萌学习就不认真，她将来也会捡烂苹果吃吗?”

“那当然!”

女儿不再说什么，端起了书。我坐在一旁想说几句，却最终没有说出。妻子的这种说法似乎并没有多少道理。妻子所看到的那个人，已在这个小城流浪了一年之久。他似乎就是个傻子，什么能填饱肚皮，就捡什么吃。这种人即使努力学习，好像也无法改变自己的命运。他肯定是已经失去了父母，或者虽有兄弟，却无人愿意照顾。人们终日忙于生计，谁能照顾这样一个智商低下的人呢?

然而，不知是什么原因，我忽然牵挂起这个人。不管他是不是傻子，我们每个人都有关心他的必要。如果他不那么傻，也许他能像我一样，坐在明亮的办公室里。如果他的父母健在，又如何舍得他在外流浪?可怜天下父母心，如果他的父母泉下有知，一定是痛心万分了。现在生活富裕了，人人都想着如何努力去挣钱，却不懂得关心爱护弱者，这是多么可怕?

我终于见到了那傻子。在我看到他的一瞬间，我的心立刻痛了。那人就是我老家的傻儿兄弟，我儿时的伙伴。他头发乱糟糟的，眼睛暗淡无神，穿着一件黄大衣，龟缩着蹲在小街的角落里，吃着不知从哪里捡来的半块馒头。我大声地喊道：

“傻儿，你在干啥?”

傻儿两眼无神地看了看，似乎并不认识我，随即又开始吃那半块馒头。

女儿睁大眼睛问：“那就是傻儿叔，你不是说他生活得很好，比任何人都幸福吗?”

我无法回答女儿了，我只能拉起傻儿，让他跟在我的身后。傻儿曾经是幸福的，至少有过幸福的日子。在我的记忆里，傻儿是最受人照顾的。他一直受到村里人的照顾，似乎不仅仅因为他爹是我们的生产队长。有了好吃的，每家都想着傻儿，傻儿吃过了，才有我们的。那时，我们多么向往，有一天我们也变成傻子。成了傻子，我们就有了好吃好喝了。也因此我们更嫉妒傻儿，常常让傻儿做一些我们不愿意做的事。记得有一次，我们想去村西的果园去偷苹果，可是，我们害怕看果园的老于头儿，于是我们想起了傻儿，便让傻儿一个人钻过篱笆。全村人不是都喜欢傻儿吗?我们就让傻儿去偷。傻儿被老于头儿捉住了。但是，傻儿却被老于头儿领到了茅屋前。老于头儿摘了一个又大又红的苹果，那个苹果不一会就进了傻儿的肚子。回家后不久，我们几个都被打了屁股。老于头儿告到了我们的父母那里。谁会相信傻儿偷苹果?

等到我们渐渐长大了，已经知道关照傻儿是村里每个人必需的。傻儿的母亲早已死去，又没有兄弟姐妹，如果我们不把傻儿当作亲人，傻儿将如何生活?即将老去的生产队长又如何会放心?我给女儿这样讲过傻儿，虽然女儿不曾见过他。如今傻儿真的流浪了，就在我居住的小城里。这让我如何都接受不了。老家的人们都忙着挣钱，再也无人顾及这个可怜的傻儿了。我不知道妻子会是如何想法，反正今天我要把傻儿领回家。我不能把他丢在外面。

这时，我的手机响了，是老家一个刚当了村主任的邻居打来的。他说，自从傻儿爹死后，傻儿的脑子越发不如以前，已经失踪一年多了。最近听人说傻儿常在县城出现，不知道是不是真的。如果见到了，就及时给村里通知，傻儿的事由村里负责。

我告诉他，傻儿就在我这儿。

看着身后的傻儿，我流出幸福的泪水。女儿对傻儿似乎有一种说不出的亲近，她把手里的苹果递给了傻儿。

诗人阿 D

阿 D 是个老牌大学生。我刚到牟山林场工作时，与他住在一个宿舍里。

与阿 D 相处了一段时间后，我对他产生了一种说不出的敬意。阿 D 竟然是个诗人。他能出口成章，有时甚至妙语连珠。他写过这样一首打油诗：烧碱馒头水煮菜，味道全无胃口坏；床头屋漏无干处，不想来住就别来。阿 D 的诗描述的是林场职工的生活，职工们的生活苦得没法说，得不到任何方面的关注。阿 D 简直是出于愤怒了。

阿 D 的另一首打油诗，就较为工整了。诗曰：东立石雕西铺路，南面养花北栽树；扒了旧房无片瓦，谁管你们住不住？林场花费巨资种花种树可以理解，而所有职工们的住宿却依然无人问津。

阿 D 的打油诗里带着刺，让我对他的处境担心起来。

中秋节前，林场的家属楼落成了，场长等人先搬了进去，我和阿 D 等人被通知搬进旧家属院。可是，后来场方又通知，说这排旧家属院是危房，一定要扒掉。原来的单身宿舍也要扒掉。于是阿 D 搬到了伙房后面的储物间，我则搬到了传达室，与老刘住到了一起。

老刘对阿 D 的许多诗竟也能倒背如流。

不久，阿 D 的新作又问世了。诗曰：明晃晃来亮堂堂，有水有电有花香。花费不过四十万，不建宿舍建茅房。刘读后哈哈大笑。阿 D 很会抓素材，他的打油诗又指向了新建的厕所。厕所横跨在单身宿舍和旧家属院的原址上，建得豪华，水电暖齐全，还是瓷砖铺地，比我们的办公室要好许多。阿 D 解释说："旧家属院根本不算什么危房。不扒掉，怎能争取到建设资金？不搞建设，怎能从建筑商那里拿回扣？"

阿 D 对打油诗的注解让我顿时冒了汗。牟山林场有员工一百多人，何以就阿D如此激愤呢？

老刘的一席话，解开了我的疑惑。

问题的根结在于阿桃。阿桃和阿D是中学同学。二十八年前，阿D考上了省城的林业大学，这在牟山一带很有名气。阿桃则去牟山林场当了临时工。阿D毕业后，被分到了牟山林场，于是阿D与漂亮的阿桃再次相遇了。阿D苦苦追求，阿桃虽然对他含情脉脉，却始终没有明确表态。这令阿D困惑不已。经过一段时间的观察，阿D发现，他的同事张三，也在追求阿桃。

半年后的一个雪夜，阿桃在林场厕所里被一个男人一拳打昏，然后奸污了。那天，正巧老刘值班，他眼看着凶犯向林场外逃去，却没敢追赶。

老刘和林场的很多人这样分析：那天张三请假回了老家。而在林场，阿D对阿桃一直垂涎三尺，且没有不在林场的证据，因此阿D的嫌疑最大。可怜的阿桃，没有看清凶犯的面目，以致无法指认。阿桃整日以泪洗面，白白吃了个哑巴亏。这令张三痛苦不已。张三心情平静之后，还是向心爱的阿桃求了婚，几个月后便娶了阿桃。张三和阿桃婚后仅半年，阿桃生下了儿子。张三冤不冤？平白无故戴了个绿帽子，还要养着别人的孩子。让张三唯一安慰的是，阿桃有一个在县委当秘书的哥哥，由于她哥哥的帮忙，张三后来当上了牟山林场的场长。从此，张三便开始了对阿D的报复，什么先进，什么荣誉，啥也没有阿D的。阿D似乎也很委屈，一副胸怀坦荡的样子，气急了便写诗骂人。

年底，张三调去林业局，做了林业局的副局长。阿D的打油诗却也写得少了。老刘不由得感慨：

“张三走了，阿D没了对手。英雄没有了对手，孤独呀！可怜了阿D的诗才。当然，张三有缺点，优点也是有的嘛！再骂，不是心胸狭窄了吗？”

老刘的话我信。阿D真的沉默了。

一天傍晚，阿D钻进了传达室。我们又谈起了张三。阿D给我俩讲了一个故事：“我昨天夜里做梦了。我梦见了张三——”

我大声叫到：“阿D呀，阿D，张三还没把你害够，你这老家伙竟然梦见了他？”

阿D撇了撇嘴：“我梦见张三，向我、向大家伙真诚地道歉，对不起大家伙，对不起人民。在林场，他张三贪污了不少，如今被双规了，他后悔了。

大家伙儿愤怒了，纷纷抡起拳头，照他打去……”

我乐了。阿D真有才，他不仅会做诗，还会讲故事，并且故事讲得那么好，那么含蓄，那么有讽刺意味。

我工作后的第二年，阿桃的儿子考上了大学。林场的很多同事都去了林业局喝喜酒。老刘去了，我也去了。回来时，天空下起了淅淅沥沥的秋雨。我和老刘都喝多了，便躺在了床上。老刘忽然问我：

“你说，当年奸污阿桃的真是阿D吗？”

我疑惑地看着老刘：“我哪知道呀？不是你说阿D奸污了阿桃吗？”

老刘满脸迷茫：“今儿喝酒时，你注意没有，阿桃的儿子那眉眼，与张三竟然像一个模子里刻的？谁说得准呢，阿D也许真的冤了，否则，阿D怎会写诗骂人？”

心儿向着远方

童欣是个有野心的家伙。大学毕业后，他放弃了一切招考，一心到外面的世界去闯。我则参加了教师招考，回乡做了一名教师。

每到一个地方，童欣都打电话向我细致地描述那里的新奇。我并不以为然。这些地方，我都在书本上读过或在电视上见过，虽从未亲临过，却也没觉得如何精彩。

初春的一个傍晚，童欣给我打来电话。他告诉我，他如今在上海一家外资企业，老总很赏识他，让他负责销售策划。这个月他的业绩最多，得了奖金一万多元。在公司的授奖晚会上，他唱了《掌声响起来》那首歌。

从童欣急促的喘息中，我感觉他应该还有更兴奋的事情。果然，他告诉我，他恋爱了。她叫荷，老家在北京，也是出来打拼的大学生。她的父母希望她留在身边，可是她不乐意，她无法忍受那种沉闷的生活。和童欣一样，她喜欢远方，喜欢无拘无束。

童欣的话，令我脸红起来。不知是因为我的性格，还是因为老家的山山水水、一草一木，我从没有动过离开家乡的念头。童欣曾经笑我，一辈子待在一个小地方，能有什么出息？想到这些，我的心一下子颤抖起来。荷也会笑我吗？童欣热情的讲述，却也最终让我向往远方的心澎湃起来了。我被他的情绪感染着，心儿也飞向了上海。我似乎看见他和荷，手挽着手走在外滩上。五彩缤纷的霓虹灯，让他和荷的脸上洋溢着春意。

暑假里的一个雨天，童欣又给我打来了电话。他如今已经做了部门经理，每月一万多元的薪水。我真的对他充满了嫉妒。他有钱了，终于找到了正事，将很快腰缠万贯，很快有房有车，并且身边还有美艳体贴的荷。我甚至可以想象到，此刻童欣和荷正打着小雨伞，潇洒地漫步在雨中。

然而从此，童欣失去了任何音信，他的手机再也打不通。我心向远方的激情也因此渐渐平静下来了。

一年后，我结了婚，妻子是个普通的农村人，日子过得平平淡淡的。

几年后的深秋，也是一个雨天，童欣再次给我打来了电话。他说，他在广州，他已经辞了原来的工作。我问他为什么，他苦笑着，说是不喜欢了，那儿不适合他的发展，所以辞了。我知道他说的并非实话，一个公司看好的员工，公司怎么会轻易放弃呢？他已经奋斗了好几年，做了公司的项目经理，又怎么可能轻易放弃呢？于是我问到荷。童欣轻轻叹了一口气，荷最终接受了父母的建议，回到了父母身边，去了某党政机关工作。他既没有房子也没有钱，他俩的婚姻，已经成为泡影。童欣决定在广州创办自己的公司，想向我再借两万元钱。

我可以想象到童欣此时的心情。我不知道，广州此时是否也是雨天，广州的秋雨是否也会让人感觉寒意袭人。我立即给他寄去了两万元钱。

不久，童欣再次给我打来了电话：

“借你的钱，现在不能还了。我与马来西亚一公司做生意，谁知竟被对方骗了。我正准备打官司。”

童欣的运气似乎总是不好。他的钱没有了，找对象的事依然没有着落，却满脑子缥缈的想法。不知怎的，我忽然担心起来：

“兄弟呀，放着好好的工作不做，整天这样折腾，什么时候是个尽头？难道你就不想过两天安稳消停的日子？”

童欣只是苦笑，没再说什么。我最终打消了到外面闯一闯的念头，心情又重新平静下来了。

年底，我去教育局参加中考表彰会。回来的路上，我接到了童欣的电话：

“哥们儿，我正站在甘肃的一片戈壁滩上。我可以还你的钱了，我的官司打赢了，钱被追了回来。我又接了很多订单，呵呵——”

我很愕然：“你在甘肃做啥？莫非打官司打到了甘肃？”

“我和戈壁那边村子里的一个贫困生结了对子，我打算用自己的劳动所得，帮助曾经和我一样贫困的孩子。”童欣的笑声很爽朗。

“我们今年考得有不错，大丰收。记得你总是笑我，如今你怎么去了甘肃?!”我流着泪，想象着风卷雪花吹起他衣角的样子。

“现在想想，我当初的说法并不很对。我挺羡慕你的，你把孩子们的梦带向了远方!”

“我也挺羡慕你的，童欣。”

大问题，小问题

邻居黑大爷是个老党员，还是一个出了名的倔老头，啥事出了问题他总得弄个是非曲直、孰大孰小。是非曲直弄明白了，却不管问题大小，他一定管到底，问到底，干到底。因此，村子里不少人怕他，更多的人是信任他、敬佩他。

这不，今儿一大早，黑大爷正准备去地里收麦子，就听到街上传来幽幽的哭泣声。黑大爷一听来了气："奶奶的，又有什么问题了，什么问题比收庄稼更大！"

连义媳妇坐在自家的大门口，抱着孩子不住地抹着眼泪。看热闹的人围了一圈。

"连义家的，怎么了，大忙季节的，有啥不顺心的，给大爷说说？"

连义媳妇只是哭，却一句话也不说。黑大爷伸长了脖子："什么问题？大问题还是小问题？"

我站在人群中问道："黑大爷，人家小两口吵架了，你说是大问题还是小问题？清官还难断家务事哩！"

"这个问题——"黑大爷愣了愣，"小两口吵架不算问题，耽误了收麦可是问题呢！"

连义媳妇哭开了："昨夜里，二蛋开着收割机给俺家收麦，忘了关舱门，俺家的麦粒撒了满地……"

黑大爷听明白了。昨夜从地里回来后，连义媳妇嚷着去找二蛋，让他赔产。连义却执意不让去："都是儿时的好伙伴呢，赔什么产，不就是二亩地嘛，抓紧给二蛋把收麦钱送去"。

为此二人吵了一夜，连义情急之下便打了媳妇一巴掌，然后便去了地里，收拾撒在地里的麦粒去了。

连义媳妇觉得委屈，忍不住坐在大门口哭出声来，这才惊动了四邻，引起了黑大爷的注意。

“小王八犊子，长本事了，能打媳妇了？”黑大爷气得满脸通红，“连义家的你别哭，我去找这个浑小子，非得让他当着大家的面给你认错不可；还有二蛋那浑小子，把庄稼糟蹋了就不吭声了，挣钱挣迷了？好歹是一季庄稼，让他赔产，这可是个大问题。”

我笑着挤出人群问道：“这是个大问题？二蛋可是村主任，牛着呢，肯听你的吗？”

“村支书怎么了，小问题！他小的时候我没少打他屁股了？小问题，小问题！”

黑大娘追出家门：“老头子，干啥去，自己的麦子焦头了，不收了？”

黑大爷转过头：“回头再说，小问题。”

事情发展到后来，我就不说结果了。有黑大爷在，就不会出什么大问题。

别看黑大爷没儿没女，黑大爷的日子可过得痛快着呢。麦子是二蛋给收的，后来连义小两口又把麦子给他晒得透干。只是麦收后黑大爷的老胃病犯了，疼得这几晚都睡不着觉，吃了几服中药也不见效。他没有出门，看着在门口洗菜的老伴，他忽然想起一件事，于是大声喊道：

“老婆子，过来，过来。”

黑大娘放下手中的菜，在围裙上擦了擦手，急忙走了过来：

“怎么了，是不是胃又疼得厉害了，要不咱去县医院瞧瞧？”

“啥疼厉害了，你把二蛋叫来，我有点事要给他说道说道。”

“啥事非得晚上说，明天说不好吗？”黑大娘显然不愿意去，但她又拗不过这倔老头儿，只好打着手电去了二蛋家。

二蛋跟着黑大娘来到家的时候，黑大爷正疼得厉害，硕大的汗珠从额上滚了下来：

“大爷，是不是去县医院？”

“老毛病了，坐下，我问你个事，”黑大爷捂着胃口坐了起来，“听说村里要修路，你们村委会怎么打算的？”

“问这事呀，”二蛋的心平静下来了，“前段时间村里卖了一批树，我们有了钱，村委正琢磨着干点啥，于是想到了修路。俗话说，要致富先修路，你看咱村满山的果子运不出去，那都是钱呢！”

“是这个理，”黑大爷拿出烟锅，装上了一锅烟，“快要到雨季了，咱小学的那几间破教室是不是要修修？咱村的办学条件太差了，县里派的老师都不愿意来！咱村今年仅连义的儿子考上了大学，你看人家小李山村，人家是状元村。这不是个小问题！”

二蛋沉默了良久：“大爷，我即刻召开村委会，去研究这个问题。”说着，二蛋快步走了出去。

黑大爷脸上露出了笑容，仿佛他的胃又不疼了。他忽然又想起什么，朝黑大娘叫道：

“老婆子，你再跑趟，我还有事没给二蛋说呢！”

“啥事？发神经！”黑大娘噘起嘴。

“连义爹前段时间看病花了不少钱，儿子又要上大学，困难着呢，让二蛋想想办法，要不孩子上不成大学了。”

“是啦。”黑大娘转过身，向大门走去。

“嗨，回来，”黑大爷用烟锅磕了磕桌子，“别弄错了，这可是个大问题！”

麦　壳

麦壳生在牟山，却不喜欢牟山。原因是他直到三十还没搞上对象。不过，据村里那个会唱琴书的麻二爷看来，麦壳不喜欢牟山自有不喜欢的道理，他找不上对象也有找不上对象的道理。牟山这地方穷，让不少人成了光棍，而麦壳生就了一对大小眼，却认为他找不上对象罪在牟山，实在有拉不出屎怨茅坑的嫌疑。就麦壳曾经的风流韵事而言，他两辈子娶不到媳妇都不冤枉。

麦壳与二柱家是邻居，又与二柱的姐姐花儿年龄相仿。二柱家有活，花儿便去叫麦壳。二柱爹是大队革委主任，看上去虽然很威严，对麦壳却很和气。因此麦壳常去她家，村里便渐渐有了两人谈恋爱的传闻。

那时每到农闲时，大队便请麻二爷唱琴书，场地设在大槐树下。麻二爷的琴书，在方圆百里极有名气，常吸引了十里八村的人来听。那场景好不热闹。但这时，又往往会发生一些不愉快的事。邻村来听书的光棍总是动了歪心，花言巧语地哄了女孩子私奔了。这让牟山人很恼火，便有人提出要停了麻二爷的琴书，再也不请他了。可是到了第二年，牟山人不免又勾起琴书瘾，便又请了麻二爷。

有一次，人们听琴书听得正迷，有人发现麦壳不见了，接着便有人发现花儿也不见了。于是有人大叫，一定是麦壳领着花儿私奔了。二柱爹急了眼，发誓抓到麦壳非扒了他的皮不可。整个牟山都轰动了。大伙儿一块儿行动起来，四处搜寻二人的踪迹。最后，麻二爷等人在焦河岸上找到了麦壳。二柱爹气愤已极，打算把麦壳暴打一顿。老支书赶来了，及时地劝住了二柱爹，并让几个光棍汉把麦壳绑了回去，又让其他人继续去找花儿。光棍们边走边感慨：麦壳这小子太有本事了。

然而直到天明，人们也没找到花儿。老支书和二柱爹便去审麦壳，才知道，花儿其实是跟邻村的一个光棍汉私奔了。

治理焦河的那次大会战，大贵和二柱参加了，麦壳也参加了。这次，麦壳看上了工地宣传队的何丽。何丽是公社一所初中的语文老师，后来学校被迫停了课，她也便没了课上，才来到工地上做了广播员。麦壳因为会唱样板戏，也被抽调到宣传队，这样，他与何丽的接触机会就多了。何丽人长得漂亮，很随和，样板戏也唱得有板有眼。那段时间，麦壳过得兴奋至极，就差一点向何丽表白了。

腊月的一天傍晚，公社在工地指挥部搞了一次联欢，唱完了样板戏，又让伞山大队把麻二爷的琴桌拉了出来。可是听着琴书时，麦壳发现何丽不见了。于是他便去找，几乎找遍了工地的角角落落，才在远离工地的小树林里发现了何丽，何丽正和负责伙食的小会计大贵拥抱在一起。麦壳一下子愣了，默默地回了工地窝棚。晚上睡觉时，二柱向众光棍谈起了何丽，说，有一次他看到何丽洗澡了，何丽的奶子真大，奶奶的。麦壳顿时被激起火来，把二柱摁在了床上。从此，麦壳不仅不喜欢伞山，更恨透了麻二爷的琴书，这琴书让他痛失了花儿，还把何丽推向了那个小会计的怀抱。

生产队解体的那年春上，麻二爷传出来一个消息：三十多岁的麦壳就要娶媳妇了，是他嫁在邻村的姐姐牵的线。

麦壳结婚那天，几乎到齐了全村老少。伞山已几年没有这种喜事了，大家都想来沾沾着喜气。新娘子长得白净，身段儿也俏。这让光棍汉们心里很是不平，麦壳这小子咋这么有福气！

到了晚上，吵喜的人涌进了新房。有人提出让新娘子点烟，新娘子便点烟；有人提出让新娘子唱首歌，新娘子便唱"我爱北京天安门"。后来又有人提议，让麦壳与新娘子亲个嘴。有几个老光棍不住地往前凑，趁机把手伸向了新娘子的下身。新房内的高潮一个接一个，还不时传来新娘子的尖叫声。

待到夜深时，麦壳的新房熄了灯。众光棍齐刷刷地聚到了他的窗根下，二柱蹲在窗根的最近处。新房内传来麦壳粗粗的喘息声，和新娘子嘤嘤的哭泣声。二柱小声骂道，狗日的麦壳，平时蔫了吧唧，怎么把新娘子欺负哭了？众光棍也觉得没意思，便逐渐地散去了。

这一年天气转冷时，麻二爷在大槐树下又摆上了琴桌。已经怀孕的麦壳媳妇也常搬了凳子独自来听书。可是有一天，当人们听完书即将散去时，却听到了麦壳娘呼天扯地的哭骂声。众邻居赶紧上来劝解，才知道麦壳媳妇在听琴书时跟人私奔了。

在一个大雪纷飞的早晨，二柱在村口发现了腆着大肚子的麦壳媳妇，赶紧通知了麦壳。麦壳叫了几个光棍汉，把她捆到了家里。老支书和二柱爹来了，麻二爷也来了，屋里屋外挤满了人。有人给麦壳出主意，应该给她剃个光头，让她无法外出。有人说，不打她怎知道你的厉害，应该给她点教训，让她知道不守妇道的后果。麦壳媳妇流着泪说，她是被那男人骗了，希望麦壳能原谅她，她稀罕麦壳是实诚人，愿意跟麦壳好好过日子。很多人都愤怒了。麻二爷却瞅着麦壳媳妇的大肚子，说了很多劝解的话。麦壳不喜欢麻二爷，这次却听了他的，没有动他媳妇一个指头。

年后，麦壳媳妇给他生了个大胖小子。村里人已经开始有人出去打工，并且挣回来不少钱。麦壳始终没有外出的打算，一心待在家里侍弄蘑菇。有人说麦壳是怕媳妇再次跑掉了，而有人却说他是恋着俊媳妇和白胖的儿子。麻二爷一脸高深莫测的神情，说，麦壳是开始喜欢牟山了哩！

大贵的阴谋

大贵上高三那年，他爹富贵就病逝了。医生说，富贵曾多次受伤，错过了最佳医治时机。富贵家祖坟地狭小，已无法行穴，大贵娘坚持把富贵改葬在村东的卧牛石旁。三先生生前曾说过，卧牛石旁本来是块宝地，卧牛石后来被南蛮子盗去了头和尾巴，破了风水，牟山人才一直过着穷日子。大贵娘的做法实在让牟山人无法理解。

老支书也懂得风水。大贵娘就是南蛮子，富贵不娶南蛮子会丢命吗？葬在卧牛石旁，不知这南蛮子打的什么主意呢！

想到南蛮子，老支书冒汗了。大贵算不算南蛮子，他身上可有一半南蛮子的血。大贵如今在县城的一处高中上学，据与大贵同班的二柱说，大贵是高材生，背课文能过目不忘，数理化更是呱呱叫。大贵是班长兼团支书，学校正打算下一步发展他入党呢！大贵为什么叫大贵？这么个小孩，就知道与老师打成一片，就知道当干部入党，还不是有和他娘一样的阴谋？

这一年麦子黄梢的时候，大贵没入成党，和二柱一起回牟山务农了。那是一个特殊的年代，老支书放心了，大贵失去了做阴谋家的机会。

刚入冬时，全公社开始了治理焦河的大会战。牟山负责村北的那一段。公社书记还交给牟山一个任务，让牟山派社员代表在誓师大会上发言。老支书犯了愁，那可是万人大会，弄不好会丢牟山人脸的！二柱爹推荐了大贵。二柱爹是革委主任，他的话在老支书那里有分量。老支书便把任务交给了大贵。大贵果然不负众望，熬了一个通宿，拿下了发言稿。在大会上，大贵的发言掀起一阵阵掌声。公社书记面露笑容，老支书却又一次冒了汗。

此后，二柱被派去做了蔬菜采购。大贵做了小会计，负责每日的伙食账目。他俩归二柱爹管理。

有一天，大贵找到了老支书。他把老支书拉进屋里，告诉了老支书一个秘密。二柱买来的菜总比市场上的贵很多，斤两还不足，他怀疑二柱和他爹在捣鬼。老支书皱紧了眉头，没说什么，便又去了工地。据说，后来老支书的确找了二柱，二柱哭得鼻子一把泪一把，说什么大贵是诬赖，他二柱绝对做不出那事来，是大贵想顶他那采购的差事。老支书实在想不通，大贵这个小蛮子到底想做什么？他这段时间所有的差事，都亏了二柱爹，他却说出这种没有真凭实据的话来。

第二年的三月里，河工还没有结束，大贵娘却病了。大贵找到老支书请假，用独轮车送他娘去城里治病。大贵娘做了手术，在医院住了很长时间。

大贵娘出院时，正赶上麦收。大贵又整天泡在了地里。这年雨水充足，收成不错，老支书打算让牟山多交些公粮。这样，大贵因为年轻又有力气，便又随上了送公粮的牛车。然而因为交公粮，大贵却又惹了祸端。

牟山交最后一车粮时，天黑了，粮所打算第二天再收。牟山人当然不愿意，这可要赶牛车走十几里山路呢。大贵急红了脸，便与所长理论。看牟山人气势汹汹的架势，所长打电话报了警。不一会儿派出所来人了，把领头闹事的大贵抓了进去。派出所的所长同志也是个急脾气，竟然掏出枪逼着大贵向粮所所长道歉。大贵据理力争，就是不低头，说，非要去县里告两位所长。

派出所所长一看事情不妙，赶紧电话通知了老支书。老支书把大贵领回了村子，并向两位所长允诺，一定会说服大贵，看好大贵。

不久，县里关于两位所长的处理意见下来了。两位所长均被免了职，调往了别处。老支书困惑了，大贵并没有去县城，什么时候去告了两位所长呢？最后还是由二柱爹探明了事情的原委。原来，大贵不久前去公社驻地的邮电局寄了上告信，把两位所长告到了县委。老支书没了笑脸，人家两位所长也没啥大毛病，大贵这小子阴着呢！

此时又一个消息传来，却令大贵笑不出来了。上次大贵给他娘看病时，恰遇省钢铁公司招考技术员，他便参加了考试。他考了第一名，如今人家公司来政审了。不过，这么好的事却因他所填的一张报考表，有了麻烦。他爹是革命功臣，这没有什么可说的，可是他娘的经历却填写的疑点重重。问到大贵娘，她只是说，做过国民党的姨太太，其他的就什么也说不出了。老支书当然也说不出，也就不能给大贵证明什么。大贵的这次招考因此泡汤了，公司不能招一个家庭背景有疑点的人。牟山人都替大贵惋惜，当初他直接把他娘写为贫农，村里或许可以打个掩护，可惜了他这么聪明的人。老支书也感慨，这个小蛮子陪他娘看病，都有寻思铁饭碗的心情！

尽管大贵让老支书觉得可恨，他还是替大贵谋了一个出路。大贵有文化，是聪明人，公社的一所初中正缺老师，他便推荐了大贵去。虽然当民师很清苦，可是总比在村里参加劳动要轻快得多。

让所有人想不到的是，大贵做了民师后，倒是安分了。大贵的课受到学生普遍的好评。学校里的造反派竟然颇让大贵三分，从来没有敢动过他。大概是大贵这几年来的经历，让造反派也畏惧三分，干吗还招惹他呢！

老支书再次冒了汗：好玩阴谋的人，到哪里都让人心存畏忌，这个小蛮子。

桃花劫

二柱私下里给毛猴算过一卦，说毛猴命里有桃花劫。此言一出，毛猴便立刻成了牟山人谈论的焦点。村里很多人对此卦心存疑惑：毛猴生就了一副猴子脸，既没有他爷爷富贵的威武，又没有他爹大贵的聪明劲，谁家的女孩会看上他？

牟山村的事有时就是让人说不清楚。有些人说自己不信命，但经二柱算过后，却个个直冒虚汗；也有些人说二柱看宅基是个二把刀，但经他看过后，却按着他的指点改了大门，甚至拆掉了祖屋。更有意思的是，二柱在村里人的极度不信任中被选上了村主任，所谓的桃花劫，也在几度怀疑中被渲染得更加离奇诡异。

毛猴即将初中毕业了，却还没有给人以口实的绯闻。他唯一的与丽佳在学校的一点传闻，却是那样的平平淡淡。丽佳是老支书的孙女，在学校里成绩很好。二柱家的溜子喜欢她，她却一直喜欢毛猴。毛猴总猜不透这女孩的心事，整日傻乎乎地，姐姐姐姐地叫着。意外的是，成绩一般的毛猴考上了县里的重点高中，丽佳和溜子却落榜了。这让很多人一头雾水。如此结果，毛猴和丽佳自然不会再发生什么，咋还能说他命里犯桃花劫？

二柱从不为此争辩，整天一副高深莫测的神情。他喜欢去村北的焦河河堤上闲逛，逛累了便唱几嗓子京剧《空城计》。

然而，村里不少人还是希望毛猴有点桃色故事。而这种期望，在毛猴上高中时差一点就成了现实。据在县城烤地瓜的溜子说，毛猴在高中的成绩也不出色，也像在初中时一样，颇得女生的好感。与毛猴最要好的是一位副县长的女儿，那女孩经常给毛猴带好吃的、好玩的。毛猴吃过了、玩过了，又立刻把心事用在了学习上。牟山人因此对毛猴有了意见：管他什么桃花劫，人家可是县长家的千金呀，就算是将来考不上学，县长大人大笔一挥，不就是现成的铁饭碗吗？

毛猴高中毕业后，以全县最高分考进了省重点大学。他爹大贵也由民师转正了。这次，牟山人想明白了：地主家的孩子就是聪明，想当年如果不是他老辈人就聪明，他家怎么能成了地主？书中自有黄金屋，书中自有颜如玉，毛猴从小就知道读书的百般好处。

毛猴上大学后，丽佳与溜子就结了婚。村里人因此又联想到二柱所说的桃花劫，联想到毛猴与丽佳那点平淡的经历。有关毛猴的花边新闻，为什么总是由溜子传出？村里人一下子看透了二柱他爷俩的动机。

溜子倒是与毛猴一直保持着联系。他接受了毛猴的建议，不再去县城烤地瓜，而在焦河上建起了码头。接着，便有人办起了水产品加工、蔬菜加工企业。焦河水产资源丰富，两岸肥沃的土壤最适合蔬菜种植，这自然逃不过商家的眼睛。

溜子的码头生意越来越红火，谁也不知道他挣了多少钱。他现在要学外面的老板，想包二奶，甚至想与丽佳离婚。牟山人都气炸肺了：人家毛猴处处桃花运，却丝毫不动心，这溜子有俩钱就不知道姓什么了。

二柱去河堤上闲逛的次数增多了，没事就在码头上唱几嗓子《空城计》。那唱腔似乎就是杀威棒，把溜子吓得规规矩矩的。

毛猴在省城时，依然常被女同学约了去逛街，并且从不让毛猴花钱。毛猴还是不解风情，女同学最终一个个离他而去。临近毕业时，毛猴与一个面容较丑陋的女同学好上了。这次他却赔了小心，总是主动地去约人家，把那女同学哄得团团转。有一次，毛猴喝醉了酒，迷迷糊糊中把丑陋的女同学睡了。毛猴很认真，既然把人家睡了，就要对人家负责，就要娶人家。当这个绯闻由溜子传到村里时，很多人都非常着急：这呆小子咋这么死性?!

毛猴奶奶操着浓重的江南口音，说，啥丑不丑的，真心跟咱过日子就行。大贵于是打电话告诉毛猴，让那女孩与她家里联系，希望他俩尽快确立关系。

两方家庭一接触，才知道原来是故交。那女孩家在省城，她爷爷曾是富贵的老部下，如今已从公安厅离休。在女孩爷爷的帮助下，毛猴留在了省组织部工作。

至此，村里人开始怀疑起二柱算卦的水平来，找他看宅基也少了许多。

二柱还是一脸的镇定。他那沙哑的唱腔却让人心里发憷。

第二年，二柱又连任了村主任。他打算把伞山开发成旅游区。看那清悠悠的焦河河水，浓艳欲滴的荷花，郁郁葱葱的山林，还有那块有着美丽传说的卧牛石，可不都是良好的旅游资源？他让溜子打电话给毛猴，咨询一下省里的专家。

毛猴沉吟了半天，问，卧牛石附近是否会搞项目建设？

溜子说，是。

毛猴说，那就算了吧，便挂上了电话。

溜子有点丈二和尚摸不着头脑，便问丽佳。丽佳琢磨了半天，也没有想明白。

二柱依然很坦然的样子，又去焦河河堤上闲逛。他刚唱了两句《空城计》，却忽然悟出了毛猴话中的玄机。那卧牛石旁正是毛猴家的坟地。当年，三先生说过，那卧牛石已被破了风水，毛猴的南蛮子奶奶却还是把富贵葬在了那里。老支书对此曾很困惑，村里不少人对此也曾很困惑。想到此，二柱没心情再唱了：还是那南蛮子道业深，恐怕她早就参透了这风水宝地，哪里怕什么桃花劫！

完美乡长

贾四动情地说："咱牟山既没有农业基础又没有工业基础，可是，自唐乡长做了乡长，咱乡里就年年获县先进。你说唐乡长是不是很有魄力?!"

我说："那是，那是!"

吴三则是一脸的不屑。

不久，贾四被提为秘书办副主任。贾四说："吴三这人真不懂事，没事与乡长顶什么牛？还不是被乡长开到了村里蹲点！唐乡长的能力就是不一般。若是唐乡长调走了，恐怕还找不出谁能接任下一届呢!"

我茫然地点点头："就是就是!"

一天早上，贾四又说起唐乡长："我说，唐乡长简直完美——"

我接住了他的话头："唐乡长昨夜突发脑溢血，面积挺大的，恐怕挺不过今天了!"

"奶奶的，咋得了这鸟病!"贾四一脸悻悻地骂道。

第十辑

平常心

俺王翠花

“你这老头子，看见你俺王翠花就生气。不管给你说啥，你总是笑呵呵的，却不说一句话。嫌俺啰唆不是，俺不给你说给谁说？”

“儿子曾经说，要让咱孙儿上大学，有了文化才能更好地为咱老百姓做事。儿子的话，俺王翠花一百个赞成。可是孙儿大学毕业后，咱儿子却变了主意：想让孙儿攀上一个好亲戚。儿子说，那姑娘是县长的千金，对咱孙儿的前途大有益处。儿子糊涂了不是？拿俺王翠花的话当耳旁风了不是？”

“孙媳跟咱要楼房，说是没有楼房就不嫁。在县城买个楼房仅首付款就十多万，咱去哪里找那么多钱？儿子的态度却很坚决：楼房一定要买，婚一定要结。他几乎借遍了咱所有的亲戚。呵呵，想当年，俺王翠花嫁到你家，图过你家多少彩礼？一间茅草屋，透风漏雨，俺王翠花不是跟你过了大半辈子？”

“如今咱孙儿要竞争农业局的副局长，仗着他丈人是县长，想走不正常的途径。俺王翠花坚决不同意，咱的孩子咱知道，这孩子太单纯，不是当官的料，做好一个小老百姓，竭尽所能地工作，不好吗？咱孙儿是受过大学教育的人，俺王翠花可不愿他为这事犯错误。咱儿子、儿媳却似乎鬼迷了心窍，咱孙媳也似乎鬼迷了心窍，孙儿的老丈人也同意帮忙了。俺对儿子说，你也是个受过教育的人，做了多年的村干部，你的亲家也是个受过教育的人，是咱的父母官，出格的事咱不能做。你就说是俺老嬷子王翠花说的！”

“当年打那日本鬼子，你被炮弹炸掉了一条胳臂，有几枚弹片，至今还留在你身体里。解放了，你从营长职位上退了下来，毅然回到咱牟山参加土改，建设咱们的新牟山。你何曾炫耀过？儿子出生时，你和村里的劳力们都还在牟山水库的工地上。因为难产，俺娘俩差点没了命，是老中医哑婆把俺娘俩从死亡线上拉了回来。那时的生活苦呀，俺靠挖野菜养活了儿子。你呢，把仅有的几块地瓜窝头送给了累病的张大爷，自己却饿倒在牟山工地上。这些我全讲过，谁知咱家的傻小子是否还记得?”

“伤心话俺就不再提了，俺给你念叨点高兴事。儿子打来电话，咱孙儿决定不再去竞争农业局的副局长，一心一意、心平气和地做科员了。孙儿的县长老丈人也想通了，直夸俺老嬷子的觉悟高。咱孙媳也生了，你老头子有重孙了。老头子呀，你可不知道，听到这些，俺王翠花高兴得想哭。俺王翠花这辈子知足了。”

“让俺王翠花高兴的事儿还不止这些。你知道，咱这儿山高地薄，日子过得艰难，可是自从儿子当了村主任，咱牟山变了模样。儿子领着村里人在山上栽了桃树、杏树、梨树，每到春天，山上便开满了各种各样的花儿。儿子还带着村里人朝山外修了一条路，这可是你老头子一辈子都想做的事。”

“咱儿子想让俺去县城。前段时间，咱孙儿带我去医院检查了，说我得了老年痴呆症。又胡扯了不是?你看俺说话有条有理，俺王翠花会是老年痴呆?俺其实也想去县城，俺也想咱儿子，想咱孙儿，想咱重孙。可是，俺王翠花舍不得你老头子呀！你在咱牟山，俺王翠花怎能离开咱牟山?唉，死老头子，给你说话说了一大车，你还是一声不吭呀!”

太阳已经升得很高了，鲜红的彩霞铺满了东方的天空。王翠花老人坐在大门口的石墩上，两眼痴痴地望着远方。她的膝盖上放着一个相框，相框里有一个泛黄的相片，相片上的男人穿着一身八路装。

张三的新想法

张三打算竞选村主任。他这个想法缘于几年前的那次村主任竞选。从来没有当官欲望的张三，不知为何在海选时竟然得了不少票。虽然他没想参加并最终放弃了竞选，可这事的确让他激动了一阵子。

张三媳妇也说："瞧你，两棍子打不出一个屁来，群众的呼声还蛮高的嘛!"

说张三没有过任何官欲，其实也不符合事实。张三也想过当官，并且想过当好大好大的官。不过，这种想法也是好些年前的事，现在他的心事全在侍弄鱼塘上，当不当官他倒真得不很在意。他在养鱼方面积累了不少经验，说起养鱼的事他总能说得头头是道。做农民就要发家致富，多搞些经营，这样的日子才有奔头，当官有意思吗？咱一个农民笨嘴拙舌的，能当什么官呢?

张三媳妇就不爱听他这话："你没干怎么知道自己不行，当村干部是靠嘴干活？只要你一心为公，只要你能领着大家伙儿致富，你就能行！咱这两年咱养鱼是发了一点财，可咱正承包的鱼塘不差点被村主任李四强包了去吗?人家不是有权吗？咱也干村主任，咱不祸害别人，起码咱自己不受害呀!"

张三觉得媳妇说得也有道理，好似吃了定心丸，铁了心地要竞选村主任。张三还听了媳妇的话，要走街串巷地去拉些选票，给那些街坊好好说叨说叨。李四选村主任时就来家里拉了选票，早知道李四那样对待他，当初还不选他呢!

张三来到邻居王五家，先给王五递过一支"大丰收"香烟，然后，向王五说明了来意。王五半歪着头，细细地打量了张三一番："三哥，你想当村主任？人家哪有像你这样拉选票的？拿'大丰收'来说道呀!"

张三听着这话，有些发急："咱好好地说道说道，我拿"大丰收"怎么了，我怎么不能当村主任了？只要咱有致富的本事，能领着大家伙儿致富就能当着村主任。咱那鱼塘一年收入多少你不知道？我不能当村主任，扯淡！”

王五鼻子里猛然喷出一股烟雾，呛得喘不过气来：“还说道呢，是说你是致富能手吧，你没看见我承包的那片山林，能值多少钱，你估过吗？看你这‘大丰收’，快把我呛死了！”

张三生气了：“你咋说这话，我是看咱关系不错才来找你说道说道，我当了村主任对你有啥坏处？”张三坐不住了，站起身来就往外走，嘴里还不停地嘟囔着。

王五弯下腰嬉笑着：“三哥别走，咱再说道说道。”

张三回到家里，心里依然气不过，他掏出那包“大丰收”，狠狠地摔到了桌子上。“奶奶的，‘大丰收’怎么了，‘大丰收’就不能当村干部了？我还就不信这个邪。孩他娘，孩他娘，给我去买烟，买‘苏烟’，买‘中华’，让王五那小子看看！”

张三媳妇跑了过来：“你发什么疯，哪里是什么烟的事，刚才王五媳妇来了咱家，人家也想竞选村主任，到咱家来拉选票了。我看这村主任你也别参选了，人家王五是比你能耐，心地也厚道，当村主任肯定错不了，再说也是老邻居了，怎好为这事撕破脸！”

听张三媳妇这么一说，张三的气顿时消了。王五的确是比他能耐，并且与他还是光屁股时的好伙伴，如果是王五竞选村主任，他还再竞选什么呢！张三又摸起自己那包“大丰收”，抽出一支慢慢地抽了起来。

抽着抽着，张三忽然想起了什么：“不行媳妇，我还得去王五家，这小子笑话我吸‘大丰收’，这村主任不参与竞选也就罢了，他凭什么笑话我吸‘大丰收’？我得找他说道说道。”说着，张三拉开了门。

“呵，三哥，”王五正站在门口，“我正想找你说道说道呢，你从我家走后呀，我琢磨了又琢磨，你这人忠厚老实、致富窍门多，当村主任一定错不了，谁敢与你争呀！你放心参与竞选吧，你看，是不是让我到屋里坐坐，咱再抽支‘大丰收’。”

张三有些不好意思：“不，兄弟，我不是这个意思，我是想——你还是先到屋里，咱抽着烟，慢慢地说道说道。”

提　拔

已经有人传言，年终岗位调整我将被任命为广播站站长。做站长多好呀，虽然油水不多，可毕竟是部门领导。

有几个朋友打电话，准备给我贺官。我婉言拒绝了。对突如其来的惊喜，我没有足够的信心。

贾四是我的同事，也是我最知心的朋友。他看出了我的心事："想当官你得送礼吧，咱这样的人会送礼吗？与领导交往得低眉顺目吧，就咱这性格，能讨得领导欢心吗？我老婆也曾鼓励我，让我谋个一官半职。可是当官有啥意思，要操多少心？"

我叹了一口气，贾四说得对极了，我干啥烦这门子心？

年终，宣布了岗位调整结果。贾四被提拔为广播站站长。

平常心

雨萱不知从哪里得来的消息，她将又一次挤入年终先进的行列，并获奖金一万元。

我很是气恼。我既没有少出力也没有少流汗，可是，先进和奖金总是与我擦肩而过。

雨萱拍了拍我的肩，又拍了拍她自己的胸脯：“平常心，平常心！咱小老百姓，干吗这么认真？只要平常心对待了，也就少了许多烦恼；少了许多烦恼，也就生活得快快乐乐了。”

我叹了口气，雨萱说得很对，何苦自寻烦恼呢？

评选结果出来了。我被评为先进，雨萱却落选了。我很惊讶，同时也为雨萱感到担心。先进和奖金就这样离她而去了，换了谁都不一定能想得开。

雨萱果真很气恼，泪水简直像决堤的河水：“凭什么呀，我的工作哪点不好?!”

我坐在一旁劝很久，她愣是哭个不停。我忽然记起她劝我的那句话，于是赶紧说：“雨萱呀，平常心，不就是个先进嘛，不就是几个小钱嘛，咱的心情重要，咱的健康重要不是?”

雨萱愣愣地看着我，扑哧笑了：“可不是呢，咱小老百姓，干吗这么认真？平常心，就平常心！”

第三条路

张三改变现状的愿望越来越强烈了。自工作以来，已有不少同事得到了升迁，他却还是一介平民。他实在没有理由不动动脑子。可是，他绞尽了脑汁，却没有想出办法来。如果与局长有亲戚就好了。局长是有个妹子，可惜已经嫁人了。现在时兴送礼，他的积蓄却不是很多。

张三痴痴地想：若有第三条路可走多好呀！

年终，局里又要进行人事调整了。有小道消息说，任命要在明天例会上宣布。张三慌了神，提着两提好酒来到局长家。

局长瞪圆了眼：你干啥？

张三惶恐地退出了局长家，不小心在楼梯上跌了一跤。顿时，楼道里飘满了酒香。他唯恐别人看见，立刻跌跌撞撞地跑了出去。

第二天，张三见到局长时，依然心有余悸。局长笑容满面，亲切地给大家打着招呼。在会上，张三被宣布提为副科长。

如此结果，让张三更糊涂了：一定是那摔碎的酒瓶，使局长误以为我想动粗。难道这就是第三条路？

牵 挂

孙儿鲁小海已在入川的路上了。可是老鲁仍不放心，总感觉有很多话要交代。救灾无异于打一场硬仗，打仗是有危险的，救灾同样是有危险的。那年随解放大军入川，他把那条胳膊永远地留在了汶川。

他让老伴拨通了孙儿的电话。接电话的是一个女孩。女孩说，她是小海的女朋友翠翠，小海入川时没有带手机。

他听后大发雷霆："这孩子这么冒失，怎能忘了带手机？如果在手术中也这么冒失，还不害了人命？这孩子是去救人还是去害人？"

翠翠说："爷爷，你不要担心，小海仔细着呢！因为入川的任务急，他连替换衣服也没带！"

是呀，小海这孩子从小就认真，要不怎么能得那么多奖状，并成为市内外知名的外科医生呢？谁家的孩子谁不知道吗？他告诉翠翠：

"有了小海的消息就马上告诉爷爷，爷爷不放心呀！"

在往日，吃过饭后他总要出去走走，到村前的小河边，或村后的小山上。如今汶川发生了地震，他就没有了溜达的兴致。离开汶川已五十年了，老伙计张老田是否还健在吗？屈指算来，张老田的儿子也有六十多岁了。小海救治的伤员中会有张老田吗？如果张老田知道小海就是咱老鲁的孙子，一定会说咱有福气！他好想问问小海，入川后是否到过绵竹，是否见过张老田及其家人？可是现在，他只能把话憋在心里。

十多天过去了，小海依然没有打来电话。他有点坐不住了。他天天看电视，他特别注意那些穿着白大褂的医生，小海应该在这些人中间，可就是没有看到小海的影子。莫非这小子是个胆小鬼，总躲在别人的身后？他生气了：这小子真不争气，哪里有他老鲁当年的一点风格？至少没有像他当年一样，走在困难的最前沿。

翠翠又一次打来电话，询问小海的情况。他愤愤地说："没消息，在电视里也看不到他，回来才打他屁股呢！"

然而他很快又消气了。他知道，救援的队伍很多，小海怎么可能就在电视镜头里呢？当年他打了那么多硬仗，从来没拿出军功章给孩子们炫耀过。小海从小不爱出风头，就算这孩子在救灾现场，怎会有意地走到镜头前面？不过，他倒希望小海也像当年的他一样，也得到这么几枚奖章！

电视里看不到小海，他就把希望寄托在电话上。也许某一天电话通了，小海突然间打来了电话。他睡不着觉了：小海这孩子虽然生在农村，可是从小没吃过什么苦，不知这些日子是如何过的？如果有个意外，那怎么得了？在他的孙子中，只有小海没结婚，也只有小海最有出息呀！汶川余震不断，这孩子是否会注意安全？这孩子怎么如此不懂爷爷的心事？如果小海打来电话，他一定要交代一下安全问题。

他有些想小海了，心里特别烦闷，忽然间想出门去溜达溜达。电话铃突然响了，他抓起了电话："你们临时医院刚接上了电话？就在绵竹？好呀孩子，你的张老田爷爷家就在绵竹。救灾你要走在前头，向那里的老乡问好！又来了一个伤号，又要手术，你忙吧，我不牵挂！"

他果断地挂上了电话。这时电话声又响起，他生气地抓起话筒：

"救人要紧，往家打啥电话？是翠翠呀，小海刚打过电话来，又上手术台了，你问小海是否安全。应该没事吧！"

梦魇

他顿时惊恐万分：不知从何时，他竟然身处一个荒凉的、布满了浓浓雾气的山野中。这雾气让大脑中一片空白，完全忘却了自己是谁。难道他将要大难来临，遇到什么不祥之事？

他努力地提醒着自己，一定要保持清醒，并强迫他在瞬间想起了自己是谁。他自己不就是吴局吗？他掌控着局中的一切，他说向东谁敢向西？秘书科的小李就是个典型的例子，每次见了面，小李总是点头哈腰。有时小李还装着亲近的样子，与他探讨工作中的问题。不过，他明白，小李的亲近无非一个目的，就是从他这里捞取好处。小李的话也给他提了一个醒，他的反对派还是大有人在的。那个刚毕业的小王就不很买他的账，小王给他提过很多的建议。

不一会儿，他又感觉自己非常可笑。他怎么会认为自己是吴局？他摸了摸凹陷的双颊，又看看已驼的脊背，他可不就是小李吗？他的驼背一直令他懊恼，同事们都说，他这是点头哈腰造成的。怎么能这样说人？太激进的话咱不说，给领导搞不好关系，你们知道是什么后果？都有一家老小，谁不为了吃和穿？再说，看你们腰挺得怪直，对领导低声下气的事你们少干了？

他又开始头脑发昏了，才意识到刚才的全是幻觉。那幻觉几乎让他笑出了声来。他一下子辨清了自己的身份，他其实就是爱提建议的小王。他一直搞不明白：局里为什么建了这么多的墙，是皇宫内院吗？这门窗也全换了，外面又加上了防盗门、防盗窗，真的是天衣无缝。路也越来越难走，绕来绕去，像是走进了迷宫。这似乎令人说不出什么，可是，他们的空间越来越来小了。他向吴局提过建议，吴局却没搭理。

小李倒是整天乐呵呵的，他似乎更喜欢这样的空间。他每天按时上班，按时下班，虽然没有干出什么出色的工作，可他总是局里的先进工作者。他仅比小王大五六岁，可是他们似乎不是一代人，他们之间的隔阂不仅有代沟，而且还有一堵厚厚的山墙！与这个人在一起，你基本听不到他什么真话。仅有的一次，是小李喝醉了酒："都说我得的荣誉最多，我有什么能耐？孰知，哪有无缘无故的爱，哪有无缘无故的恨呢！"

想到小李这句话，他就感觉窒息，于是立刻又迷糊了。他似乎又走进了一个雾气蒙蒙的大森林。一条青花蛇从脚下滑过，吓得他身上的汗毛即刻竖起。他看到树上小狐狸狡诈的眼睛，肥胖的黄蜂在树间飞来飞去，挺着那长长的毒针。他吓坏了，一刻也不想在这儿停留，他听得出各种野兽的嗥叫声。他迈开双腿，试图跑出这森林，可是，这森林好大好大，他怎么都跑不出野兽的重重包围。野兽越来越多，里三重外三重，像世间一堵堵的墙，把他堵在一个狭小的空间里。墙缝中透过一丝蓝光，阴森森的，紧接着又传来一声狼的长嗥……

是狼来了吗？如果他是狼多好，他可以用他狼的尖利牙齿撕碎那青花蛇，他可以用凶残的长嗥，吓跑小狐狸和大黄蜂，他可以用坚硬的头颅撞开周围浓浓的雾墙。就在他思维火花闪烁的瞬间，他发觉自己真的变成了狼，他已经摸到了他坚硬的头颅和尖利的牙齿。

然而，他又惊恐地发现，他不知何时又陷在了一口枯井里，一口用土墙做成的牢狱似的枯井里。吴局背靠在墙角，已然昏睡过去；小李似乎没了气息，不，仅有一丝气息，很微弱的。不行，他不能这样困在这里。他要奋力跳起，用他的牙齿撕裂这井口般大小的天幕，让新鲜的空气吹进来。他痛恨这用土墙做成的监牢，他要用头颅撞开厚厚的井壁，把同伴救到枯井外的世界去。

他的屁股猛然间剧烈地、锥心地疼痛。他揉了揉眼，才发觉是老婆正举着光秃秃的扫把。

"张三，太阳晒屁股了！"老婆恨恨地说，"吃过饭，该干啥干啥去！"

"雾散了？"他看了看窗外刺眼的阳光。

远逝的枪声

王二黑是个神枪手。据说，他打枪的本事，已经远远超过杨家将的“百步穿杨”。他想撂倒哪个，你绝对跑不了。在战场上，他那“啪啪”的枪声令敌人闻风丧胆。

他的神枪也从不讲情面。1945 年夏天的一个雨夜，县大队在焦河南岸的树林里休整，儿子王小黑没有答对口令，他立刻向警卫员要过枪，一枪把儿子撂了。

王二黑就像一部故事集，说到他，就必然要说到他打枪的本事，说到那激情燃烧的岁月。

王二黑临近离休时，转业到了地方。他想在有生之年，陪伴他已故的父母和埋在牟山的妻儿。他感觉太有愧于这个家了。王二黑回到牟山村后，成了一个病恹恹的老人。他的生活也一下子平淡起来，平淡得没有了任何故事。

腊月的一个早晨，天空中正飘着雪花，王二黑又来县城住院了。他有哮喘病，每年冬季都要来医院。县委领导知道后，考虑到他没有亲生儿女，便决定派我去陪护。

来到医院，我找到了王二黑所在的病房。王二黑正在输液，已经睡着了。他瘦弱的身子裹在棉被里，脸色有些苍白。

陪王二黑来医院的是一位中年汉子，黑脸，有一双特别粗糙的大手。他自我介绍说：“俺叫王小尿，他是俺二爷爷。在乡下，二爷爷一直由俺照顾着。”

问到王二黑老人的病情，王小尿只是凄然地摇了摇头。

我俩正说话时，有人来敲门了。来人我认识，是 S 局的张局，他手里拎着贵重礼品。我很疑惑：王二黑离休后很少来县城，除了报销医药费；许多人也只是知道他的故事，并未见过他本人；这张局怎么会认识王二黑？

张局看见王小尿，立刻伸出了双臂。王小尿窘迫地从张局怀里挣脱出来，忙着给张局倒水。张局从提包里掏出几沓新钱，放在了王小尿的手里。

王小尿显得有些手忙脚乱，挥舞着那双大手赶紧把钱推开：“大哥，俺有钱，俺——”

“我们是亲戚，老人家看病缺钱，咋不给我说！”张局微微一笑，把钱放在了茶几上。

王小尿只好收下：“等俺二爷爷的医药费报了，俺就还给你，谢谢你哩！”

王二黑朝我们翻了个身。他努力地睁了睁眼，却没有睁开，只是眯成了一条线，像是在瞄准的样子。然后，他的眼睛又闭上了。

病房的门再次被敲开后，又走进了两个年轻人。来人我也认识，是县纪委的两位同志。

两个年轻人先是转达了县纪委领导对王二黑的问候，然后又说，他们找张局有点事。张局看了一眼熟睡中的王二黑，铁青着脸跟着走出门去。我和王小尿把他们送了出去。

这时，王二黑的嘴唇又动了动，却发出异常清晰的声音：“啪——啪——”随后，他又扭头睡去了。

张局和县纪委的同志走后，王小尿在门口小声地问：“大哥是不是出事了？”

我点点头。张局此时被县纪委的同志带去，就肯定与本地发生的一件大案有关。前几天，本县的一位重要领导被双规了。随着案件调查的展开，那位领导失去了平日的镇静，供出了许多下属官员，案件的性质也由简单的生活问题演变成了行贿受贿，甚至还牵扯出了人命案。

我们回到病房时，王二黑已经睁开了眼睛。他招呼我坐在床沿上。

“那浑小子是我的亲戚，”王二黑费力地喘了一口气，右手握做手枪状，“他爷爷就是我的内弟，是我亲手枪毙的。那年，我们县大队被敌人围困在山里，饥饿、伤痛威胁着我们一百多号人。我派他带着仅有的五十块大洋下山寻粮、寻药，而他却一去不返。等冲出了敌人的包围圈，我们仅剩下了三十多人。我们在镇上的一家妓院找到了他。五十块大洋呀，就这样被他挥霍了。想想死去的战友，我举起枪，对准了他的脑袋……”

张局的爷爷竟然是王二黑的内弟，因为五十块大洋死在了他的枪下。

“现在，县纪委只是找张局谈谈话，不一定会有什么事，您放心吧！”我忽然意识到，从张局来到病房时，王二黑可能一直是醒着的。

王二黑摆了摆手：“这个，就不要说了。”

傍晚时分，雪下得更大了。王小尿有事回村了，我一个人陪护着王二黑。他跟我谈了很多，他谈到了把儿子送上战场的老母亲，谈到了他胆小自私的内弟，还谈到了那可怜的王小黑。

半夜里，雪渐渐停了。王二黑讲累了，才慢慢地睡去了。

快要天明时，王二黑忽然喘息急促起来。我赶紧去叫值班医生。经过一番紧张的抢救，医生还是无奈地摇了摇头：“他的身体太弱，肺功能已经衰竭了！”

王二黑脸憋得通红，眼角却挂满了泪花。他高举着胳膊，右手做手枪状：“啪——啪——”

后 记

人若要健康地活着，就必须保持一个健康的心态。写作亦是如此。没有健康的心态，就不会有精致耐读的作品出现。

时下，文学创作的门槛相对降低了。写作者不再用捉笔苦写，不再用跑邮局，坐在电脑前码字，就可以迅速地推出自己，甚至可以让自己一夜之间成名。因此，有些作者便多了一些浮躁轻狂，少了一些淡泊宁静；多了一些粗制滥造，少了一些精雕细琢。看似寻常的心态变化，已经足以让一个作家故步自封。

常看到这样一些信息，说某作家每天、每月发了多少稿子，收入了多少稿费。我并不怀疑这信息的真实性。然而，细细品读其作品之后，却感觉味同嚼蜡，并没留下多少印象。这让我很困惑。老百姓常说，萝卜快了不洗泥。试想，多产之下，究竟有多少精品在里头？我于是断言，这位作家在写作时，其实是让虚名和浮躁占据了心灵，也难怪不会有精品出现了。

写作离不开阅读，我们阅读时，同样需要保持一个健康的心态。我的经历告诉我，写作必须从阅读开始。我写作中的每一个转折，都得益于阅读的指导。侯德云先生曾经说过："忽视阅读，就等于忽视前人和同行的经验，这是一种最为盲目的自负。"有了阅读时健康的心态，我们才能用心去体会，让书籍中的营养浸透我们的心田。我们的头脑才因此变得睿智，我们的双手才因此变得灵巧，我们的手中才会绚丽多彩，才会手有余香。

对一个作家来说，生活素材无处不有、无处不在，这就需要我们拥有一双会发现的眼睛，而这双眼睛又恰恰需要一个健康的心态。这样，我们就可以在"平凡"中寻找"不凡"，在世俗的生活中洞观经验的真质，从而发现人世间的美，使写作真正成为这种美的心态外化的功能载体。而正是这种健康的心态，才会让我们在生活中发现美，发现对我们有用的素材。没有这些充满鲜活气息的素材，再高明的作家，也必然难为无米之炊。

鲁迅先生说过：“文艺是国民精神所发的光，同时也是引导国民精神前进的灯火。”一个有健康心态的作家，才会有生活的责任感。有生活责任感的作者，才会感觉自己其实肩负着父老乡亲，自己那双手其实是在为我们的民族描绘明天。有了这种责任感，我们才会细细地品味生活，品味生活中的酸甜苦辣，用我们的笔去歌颂、去鞭策、去感染所有的人。我们才会谨慎地抓住自己的笔，绝不滥用一点笔墨，绝不写一点粗制滥造的东西，更不想把自己的作品变成精神鸦片，去毒害更多的人。如果是这样，我们又怎会在写作的时候，去渴求那不多的稿酬，又怎会因名利而产生不必要的浮躁呢？责任感是作家走向成熟的标志，作家没有责任感，就不会写出与时代同命运共呼吸的作品。

和许多人一样，我期望自己在文学这块沃土上是一朵艳丽的花，我也一直为此而努力着。也许，有一天我发现，我其实只算是一个拙劣的小小说写手，那么，我会更谨慎，我会更吝啬我的笔墨，尽量不让它发出臭味，去危害未来孩子们的健康。